Blut und Worte

Ausgewählte Geschichten
von David Hermann

Sommer 2019

AF199325

Über den Autor:

David Hermann wurde 1985 in Gießen geboren. Er studierte Mathematik und Physik und arbeitet seit 2010 als Lehrer an einer Gesamtschule. Zu seinen literarischen Vorbildern zählt er neben Autoren wie Michael Crichton und Stephen King auch den Komiker Heinz Erhard und den Videospielentwickler Sam Lake.

Über das Buch:

Johannes wird in seiner Wohnung mit einer Vase erschlagen. Die Enthüllung des Mörders wird in »ESAV EID« rückwärts erzählt.

Lesen Sie außerdem, wie Michael sein neues Leben mit einem Autokauf einläuten will, welche Ängste Sina vor ihrem ersten Konzert erträgt, und wie Samuel verzweifelt versucht, seinen Bruder vom Suizid abzubringen. Die Geschichten zeigen, wie Menschen die Kontrolle über ihr Leben verlieren und sich krampfhaft an den Strohhalm klammern, den sie für ihr Schicksal halten. Und wie im echten Leben geht nicht immer alles gut aus.

David Hermann

Blut und Worte

Bibliografische Information der Deutschen Nationalbibliothek:
Die Deutsche Nationalbibliothek verzeichnet diese Publikation
in der Deutschen Nationalbibliografie; detaillierte bibliografische
Daten sind im Internet über dnb.dnb.de abrufbar.

ISBN 978-3-750-49803-7
Umschlaggestaltung Tobias Göldner
Herstellung und Verlag:
BoD – Books on Demand, Norderstedt

Inhalt

Für meine Laufschuhe und meine Joggingstrecke, die mich immer wieder zu solch herrlichen Geschichten inspirieren.

Vorwort

Liebe Leserin, lieber Leser,

das vorliegende Büchlein beinhaltet zwölf ausgewählte Geschichten, die ich in den vergangenen Jahren zu Papier gebracht habe.

Ich bekomme hin und wieder vorgehalten, ich könne nur über »Blut und Morde« schreiben. Und so enden die meisten meiner Geschichten für den einen oder anderen Beteiligten Charakter tödlich. Ich möchte jedoch darauf hinweisen, dass es mir in sechs Geschichten gelungen ist, niemanden umkommen zu lassen (wenn auch der Protagonist in »Der Glückstaler« einiges einstecken muss). Deshalb lautet der Titel dieser Sammlung »Blut und Worte«. Es muss ja nicht immer ein Krimi sein. Jeder Geschichte folgt ein kurzes Nachwort, in dem beschrieben wird, woher die Idee für all den Unfug kommt (wenn Sie die Wahrheit wissen wollen, lesen Sie noch einmal die Widmung). Doch genug der Worte, es wird Zeit, dass das angekündigte Blut durch die Kraft meiner Worte und Ihrer Fantasie fließt.

ESAV EID
(oder rückwärts gelesen »Die Vase«)

Mittwoch

Martina S. steht in der Mitte ihres Wohnzimmers und blickt sich langsam um. Sie hat die letzten Nächte nicht gut geschlafen, was man ihr ansieht, da aus dem sonst so fröhlichen Gesicht alle Farbe gewichen ist. In der Hand hält sie einen Karton. Tränen rinnen über ihre Wangen, während sie die persönlichen Gegenstände ihres Mannes behutsam in den Karton legt. Darunter sind einige Bücher über Informatik oder Kryptologie, Biographien berühmter Leute, für die sie selbst nichts übrighat (wie zum Beispiel Konrad Zuse), oder einige billige Krimis. Martina hat beschlossen, sich von so vielen Erinnerungsstücken wie möglich zu trennen. Sie hat Angst, die schmerzhaften Wunden ihrer Seele könnten immer wieder aufreißen. Nachdem sie das Bücherregal durchforstet hat, rückt sie die übriggebliebenen Bücher enger zusammen, um die entstandenen Lücken zu kaschieren. Auf die frei gewordenen Flächen wird sie später einige dekorative Gläser oder Vasen stellen. Martina stellt den Karton auf dem kleinen Sofatisch ab. Dann geht sie zu dem kleinen Schränkchen, in dem Johannes' Musikanlage steht. Sie hat beschlossen, die Anlage zu behalten, ebenso einige der alten Platten, die ihr Mann auf einem ihrer gemeinsamen Flohmarktbesuche gekauft hat. Sie zieht das Staubtuch aus ihrer Gesäßtasche und wischt vorsichtig über die Schrankoberfläche. Dabei hebt sie die kleinen Gedächtniskerzen und das schwarz eingerahmte Bild ihres Mannes vorsichtig hoch. Für einige Sekunden ruht ihr Blick auf dem Foto, das sie gemeinsam mit ihrer Schwiegermutter ausgesucht hat. Als sie merkt, wie die feinen Risse, die die Vergangenheit ihrer Seele beschert hat, wieder brüchig werden und aufzureißen drohen, stellt sie das Foto hastig wieder an seinen Platz zurück. Martina S. verlässt das Wohnzimmer. Erst als es draußen dunkel geworden ist, kehrt sie zurück. Sie trägt jetzt nur noch ein T-Shirt und eine Pyjamahose. Mit einem Weinglas in der Hand geht sie zum Bücherregal und nimmt sich eine alte Biografie, die sie schon lange lesen wollte, jedoch immer wieder vor sich hergeschoben hat. Jetzt nimmt sie sich die Zeit dafür, denn obwohl noch ein großer Berg der Bürokratie auf sie wartet, denkt sie das erste Mal seit langem an sich.

Dienstag

Kommissar Geiger, die Stern, ein Mitarbeiter der Staatsanwaltschaft und Martina S. stehen im Wohnzimmer der Familie S. Geiger hält eine billige Plastikvase in der Hand, Stern hat eine dicke Akte unter ihren Arm geklemmt. Sie sieht sich aufmerksam um. Der Anwaltsgehilfe wirkt unsicher, als wüsste er nichts Rechtes mit sich anzufangen. Er tritt ständig von einem Fuß auf den anderen und blickt dabei immer wieder vom Ecksofa zur Sesselgruppe, die im sechseckigen Erker steht. Er erweckt den Anschein, als wolle er sich lieber zu Hause vor seinen Fernseher setzen, oder sich in seinem Büro hinter seinem Schreibtisch verschanzen. Aber ganz bestimmt will er in diesem Moment nicht hier sein. Martina S. blickt ins Leere. Sie hat in den letzten Tagen mit drei verschiedenen Psychologen und Pfarrern gesprochen, um das Geschehene zu verarbeiten – ohne Erfolg.

»Wenn Sie soweit wären, Frau S., würden wir damit beginnen, den Tathergang vom vergangenen Samstag zu rekonstruieren.«

Geiger schaut Martina S. auffordernd an. Man sieht ihm an, dass er den Fall möglichst schnell abschließen möchte. Martina S. nickt nur stumm und kaum merklich.

»Sie saßen mit Ihrem Mann Johannes S. auf dem Sofa und wollten soeben frühstücken. Um etwa 9:30 Uhr standen Sie auf, um die Butter aus der Küche zu holen. Ihr Mann blieb im Raum.«

Während Geiger referiert, nickt Martina immer wieder und Frau Kommissarin Stern legt nacheinander einige Fotos, die am Wochenende aufgenommen worden sind, auf den Tisch. Der Mitarbeiter der Staatsanwaltschaft macht sich kontinuierlich Notizen in einem in Leder eingebundenen Buch.

»Als Sie das Wohnzimmer erneut betraten, stand Ihr Mann hier im Erker und blickte aus dem Fenster.«

Martina nickt und der Kommissar fährt fort.

»Sie haben zu Protokoll gegeben, dass er Sie erschrocken angestarrt hat, als er sich zu Ihnen umgedreht hat.«

Martina S. bemerkt, dass ihr Hinterkopf anfängt zu pochen. Sie zieht eine Packung Schmerztabletten aus ihrer Tasche und schluckt eine mit etwas Wasser herunter. Ihr Arzt hat ihr eine Dosis von fünf Tabletten am Tag erlaubt.

»Gerade, als Sie Ihren Mann fragen wollen, wieso er Sie so seltsam ansieht, werden Sie von hinten niedergeschlagen. Danach sinken Sie ohnmächtig zu Boden. Ihre nächste Erinnerung ist, wie Sie im Krankenwagen aufwachen. Ist das korrekt?«

Martina S. nickt. Kommissar Geiger stellt die billige Plastikvase auf den Tisch. Seine Kollegin, Frau Stern, legt die Fotografie der großen Vase, die bis vor Kurzem auf einer Kommode im Flur gestanden hat, daneben.

»Am vergangenen Samstag um etwa 9:30 Uhr schlägt Sie der Einbrecher Symer A., ein wegen mehrerer Einbruchsversuche verhafteter Asylbewerber, mit einer schweren Steinvase von hinten nieder. Es ist aufgrund der Spurenlage sowie der Verletzungen am Körper Ihres Mannes davon auszugehen, dass es anschließend zum Kampf kam, den der Asylbewerber A. verletzungsfrei für sich entschied. Danach stiehlt er einen größeren Geldbetrag – etwa 500 Euro – aus der Schrankschublade.«

Während Geiger so redet, legt Stern mehrere Fotos auf den Tisch. Darauf zu sehen ist Johannes, dessen Gesicht mit großen Platzwunden übersät ist. Über dem rechten Auge ist sein Schädel eingedrückt. In Martinas Kehle steigt Magensäure hoch, während sie sich die Bilder ansieht. Der Anwaltsgehilfe schreibt weiter unablässig in sein Buch.

»Können Sie den geschilderten Tathergang soweit bestätigen?«

Martina S. nickt. Dann reicht Geiger ihr ein Protokoll und einen Kugelschreiber.

»Wenn Sie dann bitte hier unterzeichnen würden.«

Martina S. spürt, wie die Tablette zu wirken beginnt. Die Kopfschmerzen lösen sich langsam auf. Sie schluckt mehrmals, um den bitteren Geschmack der Magensäure aus ihrem Mund zu bekommen. Dann unterschreibt sie das Protokoll und denkt, dass der größte Teil überstanden ist.

Montag

Ottfried Wegener macht seinen Job bereits seit fast zwanzig Jahren. Und er ist gut in dem, was er tut. Er kommt früh morgens zum Haus der Familie S. Er weiß, dass die Frau – die arme – momentan bei einer guten Freundin wohnt. Doch da davon auszugehen ist, dass sie so schnell wie möglich wieder in ihr eigenes Haus ziehen möchte, ist Ottfried gerufen worden. Soweit er die Situation mitbekommen hat, haben sich die Beamten in diesem Fall besonders beeilt. Zumindest hat er heute Morgen in der Zeitung gelesen, dass der Täter im Fall S., ein Asylant aus Syrien oder dem Iran, bereits verhaftet wurde.

Wegener steigt aus seinem Kastenwagen und geht nach hinten zur Heckklappe. Er nimmt die zwei Koffer mit Putzutensilien heraus und trägt sie zur Haustür. Dann schließt er die Tür mit dem Schlüssel auf, den er von der Polizei bekommen hat. Er wird ihn, bevor er geht, in einen Umschlag packen und in die Diele legen.

Drinnen stößt ihm direkt der metallische Geruch von Blut in die Nase. Wegener hat den Artikel in der Zeitung gelesen und kennt die Anweisungen der Polizei, daher ist er auf den Anblick vorbereitet, der sich ihm bietet, als er das Wohnzimmer betritt. Zum Glück verfügt der Raum über einen Parkettboden und keinen Teppich.

Die meisten Spritzer hat der kleine Sofatisch vor dem Fernseher abbekommen. Auf dem Boden daneben liegen einige kleine Bröckchen, die Wegener auf den ersten Blick als Knochensplitter ausmacht. Da haben seine »Kollegen« von der Spurensicherung wohl schlampig gearbeitet. Er zieht sich seinen weißen Schutzanzug an, stülpt sich blaue Überzieher über die Schuhe und gleitet mit seinen Händen wie schon tausendmal zuvor in seine Gummihandschuhe. Dann beginnt er damit, den Boden zunächst mit klarem Wasser, dann mit einem einfachen Putzmittel und schließlich noch einmal mit einem etwas aggressiveren Putzmittel zu wischen. Eigentlich befolgt er lieber die »Von oben nach unten«- Putzregel und wischt zuerst die Tische, Regale und Wände ab. Doch er befürchtet, dass er früher oder später auf einen der vielen kleinen Blutflecken treten und die Sauerei somit nur verschlimmern wird.

Als Ottfried Wegener gerade dabei ist, die Ledersitzflächen der Sessel von einigen kleineren Blutspritzern zu befreien, hört er draußen im Flur Stimmen. Er erkennt sofort, dass es seine »Kollegen« Geiger und Stern sind. Der dicke Alte und die leicht pummelige Junge kommen zur Tür herein, ohne vorher anzuklopfen.

»Dürfen wir uns kurz umsehen?«

»Klar, kein Problem.« Wegener sieht nicht einmal auf, sondern wischt konzentriert weiter. Dennoch spitzt er die Ohren.

»Es waren also keine Fingerabdrücke auf der Tatwaffe.« Geiger blättert durch seinen Notizblock. »Einbruchsspuren gab es auch keine.«

Er geht auf und ab, während Wegener sich einem neuen Fleck widmet.

»Aber der Täter wurde von mehreren Personen an diesem Tag in der Straße gesehen.« Stern blättert nun ebenfalls in ihrem Notizblock. Er ist pink. »Die Techniker sagen, er könnte durch den Keller ins Haus gelangt sein. Die Tür war unverschlossen.«

»Das würde zumindest erklären, wieso er nicht direkt vor dem Haus gesehen wurde.« Geiger verschwindet kurz auf den Flur. Vor dort ruft er: »Hier hat die Vase gestanden. Er hat sie genommen, weil er drinnen im Wohnzimmer Herrn S. gesehen hat. Frau S. muss ihn im Flur übersehen haben.«

Er kommt wieder ins Wohnzimmer. »Und dann zack.« Stern blättert noch einmal ihre Notizen durch. »Die anderen Einbrüche hat er nachts begangen.«

»Die Einbruchsversuche.« Geigers Stimme klingt belehrend. »Möglicherweise wurde er mit der Zeit besser. Und mit Sicherheit wurde er auch wagemutiger.«

Wegener betrachtet sein Werk. Die Flecken auf den Lederpolstern sind nicht mehr zu sehen. Nun fehlt nur noch die Lautsprecherbox, die neben dem kleinen Schränkchen steht. Die beiden »Kollegen« reden und blättern noch eine Weile vor sich hin. Ottfried Wegener hört weiterhin gespannt zu.

Samstagabend

Sven Thomas und Richard Obermeier stehen seit zwei Stunden in dem kleinen Wohnzimmer und schießen Fotos, sammeln Haare auf, die sie in Tüten verpacken und nehmen Fingerabdrücke. Dabei gehen sie akribisch vor. Sie haben den Raum unter sich aufgeteilt. Sven, der deutlich jünger ist als sein Kollege Richard, kümmert sich um die rechte Hälfte des Wohnzimmers, in der sich auch die kleine Sitzecke befindet. Gerade hat er eine Fotoserie der kleinen Kommode aufgenommen. Jetzt legt er seine Kamera zur Seite und holt aus seinem Koffer seinen Pinsel und den schwarzen Puder und bearbeitet damit die Griffe der Schranktüren und der Schubladen. Obermeier verschwindet derweil im Flur.

»Ich kümmere mich jetzt um die Kellertür.«

Thomas nickt nur. Zwei Spurensicherer sind für ein ganzes Haus definitiv zu wenig.

Er findet mehrere Fingerabdrücke auf der Kommode. Die meisten sind verwischt. Er überträgt die Fingerabdrücke auf eine Klebefolie und verpackt sie vorsichtig. Ein Abgleich mit der Datenbank wird ergeben, dass die meisten Abdrücke von den Bewohnern, regelmäßigen Gästen oder der Putzfrau des Hauses stammen. Sven Thomas hat keine große Hoffnung, dass die Kriminaltechniker den Abdruck eines Einbrechers entdecken.

Präziser formuliert: Er weiß, dass es keinen Treffer geben wird. Das verrät ihm der Lappen in seiner Innentasche, mit dem er sämtliche Fingerabdrücke auf der blutverschmierten Vase verwischt hat.

Samstagnachmittag

Kommissarin Stern steht – eingekleidet in einen Schutzanzug und Plastiküberzieher – inmitten des kleinen Wohnzimmers und dreht sich langsam im Kreis. Sie nennt es, »sich einen Gesamteindruck« verschaffen. Ihr fallen sofort die vielen Bücher im niedrigen Regal und der darüber montierte Fernseher auf. Das Gerät scheint mit der Wand verschraubt zu sein. Auf der schwarzen Mattscheibe sind deutliche Blutspritzer zu sehen. Vor ihr auf dem Boden liegt noch das Mordopfer, ein etwas übergewichtiger blasser Mittdreißiger, dem offensichtlich mit einer schweren blauen Vase der Schädel eingeschlagen wurde. Die vermeintliche Tatwaffe liegt neben dem Toten auf dem Fußboden. Sina Stern geht in die Hocke und

zeichnet die Position von Leiche und Vase mit einem weißen Klebeband auf dem Boden nach. Die beiden Typen
vom Bestattungsunternehmen warten schon ungeduldig
in der Tür. Sie werden die Leiche ins Krankenhaus trans-
portieren, damit sie dort von Meier und Müller – die »M &
M's« der Gerichtsmedizin, wie man sie nennt – obduziert
wird.

Sina Stern macht einen Schritt zur Seite. Sie hat bereits
mehrere Fotoaufnahmen des leblosen Körpers gemacht.

»Die Leiche kann weg.«

Ohne weiter auf die zwei Männer zu achten, dreht sie
sich weg und sieht sich weiter im Raum um. Rechts von
ihr stehen drei Ledersessel um ein kleines Tischchen herum, eingerahmt von zwei hölzernen Lautsprecherboxen.
So ziemlich jedes Möbelstück ist mit Blut besprenkelt.
Das würde noch jede Menge Arbeit für die Spurensicherung werden.

Sina Stern prägt sich jedes Detail ein. Dann schließt
sie die Augen. Vor ihrem inneren Auge sieht sie, wie eine
dunkle Gestalt zunächst die Frau, die sich mittlerweile
im Krankenhaus befindet, niederschlägt und dann wie
wild immer wieder auf den Mann einschlägt. Der Mann
wird zunächst nur leicht getroffen. Möglicherweise ist
dem Mörder die Kraft ausgegangen oder er hat die Wi-
derstandsfähigkeit seines Opfers unterschätzt. Jedenfalls
deutet alles auf einen längeren Kampf hin. Der Mann
muss sich gewehrt haben. Sina sieht, wie der Unbekannte
mehrere Schläge einstecken muss. Dann ruft sie sich die
Hände des Toten in Erinnerung. Es befand sich kein Blut
an seinen Fingern. Nur seine Unterarme wiesen mehrere Hämatome auf. War es möglich, dass das Opfer sich
nicht zur Wehr gesetzt, sondern nur versucht hatte, sich

zu schützen? Möglicherweise hatte er sich auch um seine Frau gesorgt, die mit einer üblen Platzwunde auf dem Fußboden lag.

Sina öffnet ihre Augen. Für den Moment scheint es ihr unmöglich, den genauen Tathergang zu rekonstruieren. Sie würde auf die Ergebnisse der Kriminaltechniker warten müssen. Sie sieht auf die Uhr. Eigentlich müssten Thomas und Obermeier jeden Moment eintreffen. Sina beschließt, nicht länger untätig auf das Eintreffen der beiden zu warten. Sie geht nach draußen, um ihren Kollegen Kommissar Geiger bei der Befragung der Putzfrau zu unterstützen. Sie weiß, dass er manchmal ein wenig ungeschickt im Umgang mit Menschen sein kann. Das hat sie ihm trotz ihrer kurzen Dienstzeit auf jeden Fall voraus.

Samstagmittag

Regina M. ist 68 Jahre alt und arbeitet, um ihre dürftige Rente aufzubessern, als Putzfrau. Jetzt steht sie fassungslos in der Wohnzimmertür der Familie S.. Vor ihr breitet sich ein wahres Schlachtfeld aus. Die junge Martina S. liegt mit dem Gesicht nach unten in ihrem eigenen Blut. Hinter ihr liegt die blaue Vase, die sonst draußen im Flur auf der kleinen Kommode steht. Regina geht neben Martina S. in die Knie. Sie fasst sie vorsichtig an der Schulter und merkt sofort, dass diese noch am Leben ist. Regina M. fällt ein Stein so groß wie ihr alter gusseiserner Kochtopf vom Herzen. Dann sieht sie hinüber zu Johannes S.. Sie sieht sofort, dass kein Leben mehr in ihm ist. Dennoch geht sie auch neben ihm in die Hocke und tastet nach seinem Puls. Sie ist alt genug, um von ihrem Vater die verrücktesten Geschichten aus dem Krieg erzählt bekommen zu haben. »Es haben sogar Leute überlebt, die direkt neben einer explodierenden Granate gestanden haben.«

Sie sieht sich jedoch in ihrer ersten Vermutung bestätigt. Langsam dreht sie sich wieder zu Frau S. um. Erst jetzt fällt ihr das Mobiltelefon in ihrer Handtasche ein. Sie zieht es heraus und wählt den Notruf. Während sie ihre Angaben macht, öffnet sie gedankenverloren eine Schublade des kleinen Schränkchens neben der Musikanlage. Als sie die gebündelten 50-Euroscheine sieht, gerät sie kurz ins Stocken und muss die Adresse der Familie S. wiederholen. Der Polizeibeamte am anderen Ende der Leitung bittet sie, am Apparat zu bleiben. Sie hält das Telefon fest an ihr Ohr gedrückt. Dann sieht sie herunter auf Martina S., die wieder ein Stöhnen von sich gegeben hat. Ihre Augen sind weiterhin geschlossen. Regina blickt wieder auf das Geldbündel. Dann greift sie wie ferngesteuert nach dem Geld und steckt es in ihre Handtasche. Sie schließt die Schublade und wischt den Griff vorsichtig mit ihrem Taschentuch ab.

Regina geht abermals neben Martina S. in die Hocke und fasst sie leicht an der Schulter. »Hilfe ist unterwegs. Halte durch.«

Samstagmorgen

Als Martina S. an diesem Samstag das Frühstück auf den kleinen Sofatisch im Wohnzimmer stellt, zittern ihre Hände. Vor lauter Aufregung fallen ihr beinahe die beiden Tassen zu Boden. Samstags frühstücken sie und ihr Mann Johannes immer ausgiebig vor dem Fernseher.

Johannes S. kommt aus der Küche und stellt zwei Schalen mit Rührei auf dem Tischchen ab. Dann setzt er sich hin. Martina geht noch einmal in die Küche, um die Kaffeekanne zu holen. Eigentlich wollte sie schon vor Jahren auf Tee umsteigen, doch bisher hat sie den Absprung nicht geschafft. Ab morgen möchte sie es noch einmal versuchen. Ab morgen würde eh alles anders werden. Sie sieht zu ihrem Mann. Wie jedes Mal am Tag danach hält er ihrem Blick nur kurz stand. Dann dreht er den Kopf weg. Diese Bewegung kennt Martina S. bereits zu gut. Sie stellt den Kaffee auf dem Tisch ab. Dann sagt sie: »Ich gehe noch schnell die Butter holen. Gieß du doch schon den Kaffee ein.«

Sie dreht sich um und verlässt das Wohnzimmer.

Johannes gießt beide Tassen halbvoll mit Kaffee und verrührt dann in seiner Tasse ein Stück Zucker. Aus der Küche ruft Martina S.: »Kannst du mir mal kurz helfen?«

Im Wohnzimmer stellt Johannes S. die Tasse ab und steht auf. Er geht auf die Tür zu. Dort steht seine Frau. Wieder weicht er ihrem Blick aus. Das wird ihm zum Verhängnis. Martina S. hebt die schwere Vase hoch über ihren Kopf. Dann schlägt sie ihrem Mann mit voller Wucht auf die Stirn. Etwas knackst. Er taumelt zurück und hebt schützend die Hände. Martina S. schlägt erneut zu, die Hände ihres Mannes sinken nach unten. Martina S hebt die Vase ein drittes Mal über ihren Kopf. Ihre Finger sind verschwitzt. Sie greift fester zu, da sie befürchtet, die Vase könne ihr aus der Hand gleiten. Dann lässt sie die schwere Steinvase erneut viermal hintereinander auf ihren Mann niederfahren. Jeder Schlag lässt ihn mehr und mehr in die Knie gehen. Mit jedem Aufprall spritzt etwas mehr Blut an die Wand oder auf die Möbel. Wie durch ein Wunder wird Martina S. von keinem der Spritzer getroffen. Nach dem vierten Schlag hat sie ihren Mann bis zur Sofaecke zurückgedrängt. Dort bricht er zusammen.

Martina S. blickt auf die Vase in ihrer Hand. Eine Seite ist voller Blut. Die andere Seite ist noch ganz sauber. Sie geht zur Tür. Dann umschließen die Finger ihrer rechten Hand die Vase so fest es geht. Martina S. konzentriert sich. Sie hat ein wenig Angst, sie könne zu fest zuschlagen. Dann holt sie aus und schwingt mit aller Wucht mit der Vase gegen ihren Hinterkopf. Die Vase entgleitet ihr und fällt zu Boden. Um Martina S. herum wird es schwarz. Sie sinkt langsam in sich zusammen und fällt dann vorn über auf ihr Gesicht.

Freitagabend

Martina S. sitzt allein auf ihrem Lieblingssessel und hört leise Musik. Ihr Gesicht ist aufgedunsen, so sehr hat sie geweint. Sie konnte sich den ganzen Tag über zurückhalten, doch als sie von der Arbeit im Supermarkt nach Hause gekommen ist und festgestellt hat, dass ihr Mann noch nicht da ist, sind die Tränen aus ihr herausgebrochen wie die Sturzfluten aus einer Bresche im Damm. Sie hat eine halbe Stunde geweint. Dann hat sie sich mehrmals übergeben. Jetzt sitzt sie ruhig in ihrem Wohnzimmer und denkt an den Tag, an den vergangenen und an den vor ihr liegenden.

Auf der Arbeit hat sie sich in einem stillen Moment mit dem mobilen Telefon des Kassierers in der Toilette eingeschlossen und ihren alten Schulfreund Sven Thomas angerufen. Sie hat lange bitterlich geweint und musste ihre Geschichte mehrmals erzählen. Es kostete sie einiges an Überwindung, Sven von ihrem Vorhaben zu erzählen, doch sie musste es tun, um auf Nummer sicher zu gehen. Sie wollte für das, was sie tun würde, nicht bestraft werden. Sie war schon gestraft genug. Davon musste sie Sven überzeugen. Sie redete eine halbe Stunde auf ihn ein. Schließlich hörte sie, wie die Tür zu den Toiletten geöffnet wurde. Panisch legte sie auf.

Als sie abends in ihrem Sessel sitzt, ist sie sich sicher, dass sie ihren ehemaligen Klassenkameraden überzeugt hat.

Freitagmorgen

Johannes S. hat schlecht geschlafen. Er hat Kopfschmerzen. Die drei Tassen Kaffee, die er zu seiner Morgenzigarette getrunken hat, haben keine Linderung beschert. Etwas stimmt nicht, das spürt er. Er hat sich im Badezimmer eine Kopfschmerztablette aus dem Badezimmerschrank genommen. Jetzt steht seine Frau vor dem Spiegel und macht sich schick für die Arbeit. Johannes S. hat sich schon oft gefragt, wieso eine Kassiererin schick sein muss. Sie muss doch nur Waren über einen Scanner ziehen. Mehr nicht. Aber diese Diskussion möchte er heute Morgen nicht führen.

Er schaltet den Fernseher ein und sieht sich die Nachrichten an. Dann kommt das Wetter. Es soll regnen. Das Wetter kann ihm egal sein. Er verlässt kurz das Wohnzimmer. Als er wiederkommt, hat er ein belegtes Brot in der Hand. Er setzt sich wieder vor den Fernseher und isst sein Brot. Dann hört er, wie die Badezimmertür aufgeht.

Schritte auf dem Flur, die erst lauter, dann wieder leiser werden. Seine Frau ist ebenfalls in die Küche gegangen. Kurze Zeit später kommt sie mit einer Tasse Kaffee in der Hand ins Wohnzimmer und setzt sich neben ihn auf das Sofa. Sie riecht gut. Als sie ihm einen Kuss gibt, lassen seine Kopfschmerzen nach. Jetzt weiß er, was er braucht. Er braucht keine Tabletten und auch keinen weiteren Kaffee. Er wird sich nehmen, was er braucht.

Er wartet noch, bis Martina S. ihre Tasse auf dem Tisch abgestellt hat. Dann nimmt er eines der Sofakissen und schlägt ihr damit ins Gesicht. Er will ihr nicht weh tun, aber die Vergangenheit hat ihn gelehrt, dass sie so gefügiger wird. Und auf lange Diskussionen hat er jetzt keine Lust. Er reißt ihr und sich die Hose herunter. Dann dringt er in sie ein. Anfangs wehrt sie sich noch, dann weint sie nur noch und lässt es über sich ergehen. Wie jedes Mal.

Als er fertig ist, lehnt er sich auf dem Sofa zurück. Sie steht auf und läuft wie in Trance ins Badezimmer. Er kann hören, wie sie sich in die Toilette erbricht. Johannes S. zieht seine Hose wieder hoch und schaltet den Fernseher aus.

Vor einiger Zeit an einem Sonntag

Martina und Johannes S. gehen gemeinsam über den kleinen Flohmarkt. Johannes hat bereits einige Schallplatten gekauft. Er hat nicht lange mit dem Verkäufer um den Preis gefeilscht, da es sich um Platten handelte, die er schon lange vergeblich gesucht hat.

Jetzt schlendern sie Hand in Hand über den Markt. Sie haben sich bereits einige Bilder angesehen, die sie aber letztlich für zu kitschig empfunden haben. Auch bei den Büchern war nichts von Interesse dabei. Plötzlich bleibt Martina S. vor einem Stand stehen und deutet auf eine Vase. Sie ist groß und schwer. Auf die graue Keramikoberfläche ist mit blauer Farbe ein Muster gemalt. Es könnte ein Weizenkornbündel sein. Martina S. überredet ihren Mann, die Vase zu kaufen. Hand in Hand gehen sie mit ihren Errungenschaften noch eine Weile über den Markt. Dann fahren sie nach Hause.

»ESAV EID« war mein Beitrag zum Kurzkrimiwettbewerb 2018 des Krimifestivals in Gießen. Da dieser Wettbewerb auch tatsächlich stattgefunden hat, konnte ich meine Geschichte einreichen. Zu meiner großen Überraschung, gewann ich sogar den dritten Platz. Wieso ich – ob eines so genialen Krimis – überrascht war?

Erstens erfuhr ich erst fünf Tage vor Einsendeschluss von dem Wettbewerb. Eigentlich wollte ich gar keinen Krimi mehr dafür schreiben. Doch die Idee, einen Krimi rückwärts zu erzählen und in nur einem Zimmer spielen zu lassen, geisterte schon längere Zeit in meinem Kopf herum. Außerdem hatte ich gerade Zeit. Also schrieb ich die Geschichte in einem Rutsch runter, mal wieder.

Zweitens enthielt die von mir eingereichte Version noch so viele Rechtschreibfehler, das könen Sei sihc garr nicht vortstlelen. Das lag zum einen an meinem Unvermögen und zum anderen – das bilde ich mir zumindest ein – an der Spannung, die der Text aufbaut. Denn anders kann ich es mir nicht erklären, wie mein Testleser (ein gewisser L. H.) derart viele Fehler übersehen konnte.

Joachim isst Salat

Miriam macht Salat, mit kleinen Gürkchen und Tomaten. Joachim hasst Salat. Er möchte viel lieber ein richtiges Steak essen. Essen für Männer. Aber Miriam macht einen beschissenen Salat und dazu noch – quasi als Sahnehaube auf dem riesigen beknackten Haufen Scheiße, den sie gesunde Ernährung nennt – ohne jegliches Dressing, da Joghurt aus Milch gemacht wird und man die nicht trinkt, da Kühe schlecht behandelt werden und es sowieso total abnorm ist, dass der Mensch als einziges Säugetier auf dem Planeten im Erwachsenenalter noch Milchprodukte zu sich nimmt.

Außerdem wurden ja offensichtlich alle Studien, die den Wert der Milch als Nahrungsprodukt »beweisen«, von der Milchindustrie beeinflusst, wenn nicht sogar in Auftrag gegeben und absichtlich gefälscht. Und deshalb macht Miriam Salat ohne Dressing, ohne überhaupt irgendetwas. Deshalb gibt es in ihrer Wohnung auch keine Milch, die Joachim sich morgens in seinen heißen Kaffee schütten könnte. In den heißen nicht vorhandenen Kaffee, da Koffein ja dem Herzen schadet und den Biorhythmus des menschlichen Körpers durcheinanderbringt und noch dazu den Flüssigkeitshaushalt negativ beeinflusst.

Kaffee ist ebenso tabu wie Milch, wie Fleisch, wie alles, was Joachim mag. Stattdessen gibt es Salat. Zum Kotzen.

Joachim muss einen leichten Brechreiz unterdrücken, als Miriam mit der großen Schüssel Salat zum Tisch kommt und diese zwischen die bereitstehenden Salatteller stellt. Joachim schaufelt sich mit einem gezwungenen Lächeln auf den Lippen eine Portion auf seinen Teller und beginnt mit seiner Gabel in dem ganzen klein geschnittenen Zeugs herumzustochern. Nach einer Weile steht er auf und geht zum Kühlschrank, um sich ein Bier zu holen.

»Du willst doch wohl keinen Alkohol trinken? Du weißt doch, dass die Studien, die ein Glas Alkohol am Tag empfehlen von der Alkoholindustrie gefälscht wurden!«

»Nein, ich möchte mir kein Bier holen.«

Joachim schließt den Kühlschrank wieder – frustriert. Dann sieht er neben sich auf der Anrichte das Küchenmesser, mit dem Miriam eben noch die Tomaten geschnitten hat. Er greift zu und sticht vierundzwanzigmal auf Miriam ein.

Bei den ersten neun Stichen gibt sie noch leichte Schreie von sich, doch da er mit dem dritten Stich ihre Halsschlagader getroffen hat, verstummt sie alsbald. Dann legt Joachim das Messer weg. Er wird jetzt erst einmal den Salat in die Biotonne werfen, die Küche aufräumen und einen schönen heißen Kaffee trinken. Und danach brät er sich ein richtig saftiges Steak.

Ich liebe, liebe, liebe diese Geschichte!

»Joachim ist Salat« ist das Produkt meines persönlichen Schreibtrainings. Bevor ich mich an mein erstes Buch gesetzt habe, nahm ich mir vor, jeden Tag eine kleine Geschichte (vom Umfang her nicht länger als eine Seite) zu schreiben. Zentrales Element jeder Geschichte sollte ein Konflikt sein. Und was böte sich hierfür besser an, als ein unter den strengen Ernährungsregeln seiner Frau leidender Mann?

Ich hoffe, ich muss nicht erwähnen, dass ich Joachims Reaktion leicht übertrieben finde. Aber für mich macht gerade diese absurde Eskalation den Reiz der Geschichte aus.

Samuels Schrei

I

Samuel Matthias Feith erwachte aus einem wirren Traum. Gerade eben war er noch durch die Luft gestürzt und hart auf dem Boden aufgeschlagen, nur um sich im nächsten Augenblick schweißgebadet in seinem Bett wiederzufinden. Samuel kannte den Traum und er war froh darüber, dass er rechtzeitig aufgewacht war und das Feuer und die Zerstörung nicht ein weiteres Mal hatte durchleben müssen.

Er verspürte ein schmerzhaftes Kratzen im Hals. Er sollte dringend etwas trinken. Die Bettdecke lag neben dem Bett, das Kopfkissen zu seinen Füßen.

»Man kann im Traum nicht sterben!«, rief Samuel sich ins Gedächtnis, doch zwischen diesem Wissen und der Angst, die er verspürte, lagen Welten. Er blickte auf die Uhr: 7:59 Uhr. Sein Wecker hatte ihn also nicht geweckt. Dessen nervtötendes Piepen würde erst in einer Minute erklingen. Samuel drückte auf den Ausschalter und die Anzeige »Wecken« verschwand.

Samuel tastete nach dem Smartphone auf seinem Nachttisch. Es war nicht da. Er setzte sich im Bett auf und suchte den Nachttisch mit wild hin und her zuckenden Augen ab. Nichts. Dabei hatte er es doch gestern Abend zum Laden auf das kleine Tischchen gelegt. Außerdem war er sich sicher, dass ihn die Vibration einer eingehenden Nachricht geweckt hatte.

Seine Halsschmerzen hielten ihn davon ab, weiter nach dem Smartphone zu suchen. Er sah hinüber zu dem kleinen mobilen Infusionsständer auf der anderen Seite seines Bettes. Der Beutel, der ihn im Normalfall mit Wasser versorgte, war leer. Samuel stand auf und zog seinen getreuen Begleiter Hardy – wie er den Infusionsständer nannte – hinter sich her in den kleinen dunklen Flur, in dem er in einem Wandschrank seine Vorräte lagerte. Mit wenigen geübten Handgriffen tauschte er den leeren Beutel gegen einen neuen aus und nahm sich noch einen zweiten Beutel mit Vitaminen, Eiweißen, Proteinen, Mineralien und dem ganzen Scheiß für sein Frühstück mit. Schon wenige Augenblicke später verschwand das Kratzen aus seinem Hals. Samuel spürte regelrecht, wie der Speichel in seinen Rachen zurückkehrte.

Er trottete zurück in sein Schlafzimmer und bückte sich nach der Bettdecke. Als er sie aufhob, fiel sein Blick auf das Ende des Ladekabels. Samuel zog es zu sich. Am anderen Ende hing sein Smartphone. Es war tot. Offensichtlich hatte er es zustande gebracht, den Stecker während seines absurden Traums, dessen verheerendes Ende er Gott sei Dank nicht mehr hatte erleben müssen, aus der Steckdose zu reißen. Es konnte also keine eintreffende Nachricht gewesen sein, die ihn geweckt hatte. Samuel steckte den Stecker wieder in die Steckdose und legte das Smartphone wie schon am Abend zuvor auf den Nachttisch. Dann ging er hinüber zum Schrank und suchte sich frische Unterwäsche, eine saubere Hose und ein gebügeltes Hemd heraus.

Auf dem Weg ins Badezimmer blieb Hardy am Türrahmen hängen. Samuel fluchte stumm in sich hinein. Mit einem Ruck befreite er den Infusionsständer und trottete weiter. Im Bad angekommen, legte er die Klamotten auf einen kleinen Stuhl und warf sein verschwitztes T-Shirt in die Waschmaschine. Er strich sich mit der Hand über die Wangen und beschloss, dass er eine Rasur vertragen könnte. Also seifte er sich sein Gesicht mit Rasierschaum ein und blickte in den Spiegel. Mit jeder Bahn, die das Rasiermesser durch den weißen Schaum zog, legte er ein wenig mehr frei von dem Gesicht, das einst eine biologische Sensation gewesen war und schließlich dafür sorgte, dass Samuel von Fremden immer wieder verwirrte Blicke zugeworfen wurden und die Leute ihn mieden.

Wenige Zentimeter unterhalb der Nase prangte die kleine hässliche Narbe, die daher rührte, dass man vor 17 Jahren versucht hatte, ihm operativ das zu schenken, was ihm durch die Natur verwehrt geblieben war: einen Mund.

2

Julia saß wie versteinert an dem wuchtigen Küchentisch ihres Bruders. Seit einer Ewigkeit starrte sie den Brief an, den sie an diesem Morgen geschrieben hatte. Was hatte sie da geschrieben? War es ein Geständnis, eine Lebensbeichte oder ein Erklärungsversuch, oder war es schlicht und einfach ein Abschiedsbrief?

Sie überflog den Text. Sie hatte geschrieben von ihrer – allem Unglück zum Trotz – glücklichen Kindheit, wie sie mit ihrem Bruder Andreas auf Bäume geklettert war, wie sie gemeinsam mit ihren Freunden im Sportverein gewesen waren, dass sie sich alles hatten erzählen können. Und, wie sie sich gemeinsam durch die dunklen Tage geholfen hatten, wenn ihr Vater sie im Zorn geschlagen hatte, wenn er mal wieder von seiner Wut gepackt worden war.

Und sie hatte darüber geschrieben, wie sie vor einem Monat bei ihrem Bruder Andreaseingezogen war, um ihm Trost zu spenden, wie er es früher bei ihr gemacht hatte. Es ist schon seltsam, wie sich das Bild, das man von einem vertrauten Menschen hat, innerhalb weniger Tage ändern kann. Andreas' Frau Monica hatte sich einen Monat zuvor das Leben genommen. Einfach so, aus heiterem Himmel. Das jedenfalls hatte Julia gedacht. Das hatten sie alle gedacht. Nur Julia wusste jetzt – vermutete jetzt –, dass ihre Schwägerin einen triftigen Grund gehabt hatte.

Andreas wurde durch den Suizid seiner Frau total aus der Bahn geworfen. Er hatte nur noch geweint, war nicht mehr zur Arbeit gegangen und hatte am Telefon nur noch unverständliches Zeug von sich gegeben. Also hatte Julia beschlossen, ihn zu unterstützen, hatte selbst eine Woche Sonderurlaub beantragt und war bei ihm eingezogen.

Und jetzt saß sie hier am Küchentisch und las ihre Beichte. Las, wie es dazu gekommen war, dass sie ihren geliebten Bruder Andreas umbringen würde.

3

Samuel spülte das Rasiermesser im lauwarmen Wasser aus und legte es zurück in das Regalfach. Er verharrte kurz vor dem Spiegel und betrachtete die hässliche Narbe, die einmal sein Mund hätte werden sollen. Er dachte daran, wie seine Eltern ihn als kleines Kind von einem Spezialisten zum nächsten gezerrt hatten. Sie hatten es aus Liebe getan. Oder vielleicht auch aus der Erkenntnis heraus, dass sie es nicht schaffen würden, ein missgestaltetes Kind wie ihn zu lieben.

Samuel wischte seine Gedanken zur Seite und wandte sich vom Spiegel ab, stieg auf die Waage, registrierte sein Gewicht – 65,9 kg – und stellte sich unter die Dusche. Die Verbindung zu Hardy blieb währenddessen bestehen, was dazu führte, dass er nach dem Duschvorgang den Teil des dünnen Schlauches, der aus seinem linken Arm ragte, vom Schaum des Shampoos befreien musste. Bevor Samuel sich anzog, löste er den Infusionsschlauch jedoch kurz von der Nadel und streifte sich sein Hemd über. Anschließend schloss er die neue Infusion – sein Frühstück – an.

Nachdem er sich fertig angezogen hatte, trottete Samuel mit Hardy zurück ins Schlafzimmer und prüfte den Ladezustand seines Smartphones. Dank der Schnellladefunktion hatte es bereits 47 Prozent seiner maximalen Ladekapazität erreicht. Samuel schaltete das Gerät ein und legte es wieder zurück auf den Nachttisch. Er verließ das Schlafzimmer und ging wieder durch den kurzen dunklen Flur, um nach Laurel, seinem Rucksack für »Außeneinsätze« – wie er alle seine Aktivitäten jenseits der Wohnungstür nannte –, zu sehen. Der Rucksack enthielt zwei Wasserbeutel und einen Nahrungsbeutel – eine weitere Kombination aus allem möglichen Scheiß, der ihm dabei helfen sollte, sein Gewicht zu halten – und eine Spritze für den Fall, dass seine Narben plötzlich schmerzen sollten.

Samuel hatte nach den ersten misslungenen Operationen, die zu nichts weiter geführt hatten, als einem hässlichen Eiter, der aus dem künstlichen Mund hervorquoll, noch zwei weitere Eingriffe über sich ergehen lassen. Dabei hatte man ihm durch ein Loch in der Wange alle Zähne entfernt. Zunächst die Milchzähne und schließlich die Bleibenden.

All diese Operationen hatten für ihn unglaubliche Schmerzen zur Folge gehabt. Und diese Schmerzen kamen von Zeit zu Zeit wieder, wie ein Geist, der ein Haus heimsucht.

Samuel stellte Laurel vor die Wohnungstür. Er würde ihn später am Tag benötigen, wenn er sich zu einer der wöchentlichen Konferenzen im Verlag aufmachte. Jetzt bemühte er vorerst noch einmal Hardy, mit ins Schlafzimmer zu kommen, und zog bei seinem Smartphone den Stecker. Ein Blick auf das Display verriet ihm, dass er eine Sprachnachricht von seinem Bruder Peter erhalten hatte.

Verwundert darüber, dass sein Bruder ihm nicht wie üblich eine Textnachricht geschickt hatte, tippte Samuel auf ABSPIELEN und stellte die Lautstärke seines Smartphones hoch.

Peter klang verstört, als hätte er geweint.

»Samuel ... Ich, ich möchte nicht mehr leben. Ich weiß, dass du denkst, ich sei nicht für ihren Tod verantwortlich, doch ich weiß, dass es so ist.«

Peter weinte jetzt wirklich und Samuels Herz raste. Wollte sich sein Bruder gerade von ihm verabschieden?

»Ich kann nicht mehr atmen. Jeden Moment rieche ich ihr langsam verbrennendes Fleisch. Jede Sekunde höre ich ihre Schreie. Bitte verzeih mir. Bitte versuche nicht, mich davon abzuhalten. Ich liebe dich.«

4

Der Zustand ihres Bruders Andreas war schlimm gewesen. Er hatte sich schon einige Tage lang nicht mehr rasiert, verließ nicht mehr seine Wohnung und vergaß an manchen Tagen zu essen. Julia hatte zunächst damit begonnen, die Wohnung zu putzen und den Kühlschrank zu füllen. Dann hatte sie sich still neben ihn gesetzt und mit ihm gemeinsam die Wand angestarrt. Schließlich hatte sie ihm zart über die Hand gestreichelt. Das schien etwas bewirkt zu haben. Jedenfalls war Andreas aufgestanden, zum Küchenschrank gegangen und hatte eine große Flasche Schnaps und zwei Gläser geholt. Julia hatte sofort an ihren Vater denken müssen, wie er am Küchentisch gesessen und sich betrunken hatte, und wie er im Suff seine Kinder geschlagen hatte, wie er sie misshandelt hatte.

All diese Erinnerungen hatten Julia so plötzlich überfallen, dass ihr schlecht geworden war. Sie war aufgesprungen, ins Badezimmer gerannt und hatte sich in die Toilette übergeben.

Wie hatte sie das vergessen können? Oder hatte sie das alles nur verdrängt? Wie schon oft in ihrem Leben hatte sie diese Fragen zur Seite geschoben. Aber egal, jetzt galt es erst einmal, Andreas wieder in die Spur zu kriegen.

Als Julia in die Küche zurückgekehrt war, hatten vor Andreas zwei Gläser gestanden. Eines war bereits ausgetrunken, das andere war offenbar für sie bestimmt. Julia hatte nur den Kopf geschüttelt, worauf Andreas auch das zweite Glas in einem Zug geleert hatte.

Und so hatte alles seinen Anfang genommen. Jedenfalls dachte Julia das an diesem Morgen.

Sie konnte nur so denken, da ihr Hirn erfolgreich das Dunkelste ihrer Kindheit verdrängt hatte.

5

Als Samuel die Nachricht seines Bruders abgehört hatte, kamen in ihm die Erinnerungen hoch. Daran, wie sie als Kinder im Keller aus mehreren Silvesterkrachern eine kleine Bombe gebaut hatte. Es war Peters Idee gewesen. Peter war fast immer für die verrückten Dinge verantwortlich, die Samuel und er in ihrer Kindheit unternommen hatten.

Samuel dachte daran, wie sie das Schwarzpulver aus den aufgesägten Chinaböllern in die Pappröhre einer Chipspackung geschüttelt hatten. Peter hatte immer wieder betont, sie müssten für genügend Druck sorgen, und er selbst hatte stumm die Anweisungen seines jüngeren Bruders befolgt.

Sie hatten ihre Schöpfung »Fatboy« getauft und sie hinter einem alten Schrank versteckt.

Samuel hatte nie erfahren, was passiert war. Die Feuerwehr hatte zwar Untersuchungen angestellt, bei denen sie auch auf die Überreste des Böllers gestoßen waren, doch wieso »Fatboy« explodiert war, hatte niemand sagen können.

Tatsache war nur, dass das halbe Haus abgebrannt und ihre Eltern dabei ums Leben gekommen waren. Und Peter gab sich die Schuld dafür. Auf die Idee, dass Samuel sich ebenfalls schuldig fühlte, war niemand gekommen.

Jetzt, nach dem zweiten Anhören von Peter Nachricht, klopfte Samuels Herz bis zum Hals.

Würde Peter es durchziehen und sein Leben beenden? Samuel hatte seinen Bruder immer als Stütze in seinem Leben empfunden und sich nie Gedanken darüber gemacht, wie es in ihm drinnen aussah. Außerdem war Peter doch zur Therapie gegangen.

Samuel spielte die Nachricht noch ein drittes Mal ab. Er hörte die Trauer in Peters Stimme. Doch da war noch etwas: Entschlossenheit.

Schnell tippte Samuel eine Antwort ein: »Tu es nicht! Ich komme zu dir! Wo bist du?«

Kurz nachdem er auf SENDEN gedrückt hatte, wurde der kleine Haken angezeigt, der ihm mitteilte, dass die Nachricht erfolgreich gesendet worden war. Samuels Augen brannten sich förmlich in das Smartphone, aber so lange er es auch anstarrte, der zweite Haken, der die erfolgreiche Übermittlung der Nachricht verkünden sollte, erschien nicht.

»Wieso hast du dein Telefon ausgeschaltet?«, dachte er verzweifelt.

Dann überlegte er fieberhaft, wen er kontaktieren könnte. Da ihm seine Gedanken immer wieder zu entgleiten drohten, fiel ihm niemand ein. Es tauchte nur ein Wort wieder und wieder in dem Wirbelsturm auf, der in seinem Kopf herrschte: SPIELPLATZ.

Samuel wusste nicht, woher er diese Gewissheit nahm, aber er war sich sicher, dass sein Bruder seinem Leben auf dem Spielplatz unweit der Stelle, an der »Fatboy« eigentlich hätte verglühen sollen, ein Ende setzen würde.

6

In der zweiten Woche, die sie bei ihm wohnte – sie hatte ihren Sonderurlaub verlängern können – war er das erste Mal über sie hergefallen. Der Bruder über die Schwester. Er hatte ihr den Mund zugehalten, sie immer wieder geschlagen und sie, als er endlich fertig war, nur verächtlich angesehen. Und Julia hatte stumm geweint, wie sie es als Kind auch schon immer getan hatte. Nur nicht auffallen, dem anderen keine Schwäche zeigen.

Sie hatte sich in ihr Zimmer verkrochen und die Wand angestarrt. Schließlich hatte sie ihren Koffer gepackt und sich zur Wohnungstür geschlichen, wo er bereits auf sie gewartet hatte. Und Julia war geblieben. Sie war zu kraftlos gewesen.

Jetzt saß sie seit einer Stunde reglos am Küchentisch und schielte immer wieder hinüber zu Andreas' Schlafzimmertür. Sie hatte ihm gestern Abend eine Schlaftablette im Bier aufgelöst. Sie hatte sie unter den Sachen ihrer Schwägerin gefunden. Sofort waren Bilder in ihrem Kopf aufgetaucht. Vor ihrem inneren Auge sah sie plötzlich, wie Andreas seine Frau Monica über Jahre hinweg missbraucht und misshandelt hatte. All das, was sie bislang übersehen hatte, nicht hatte sehen wollen. Wie Monica nachts schlaflos im Bett gelegen hatte, bis sie sich schließlich mit Schlafmedikamenten geholfen hatte. Bis sie sich schließlich ein heißes Bad eingelassen und sich die Pulsadern aufgeschnitten hatte.

Julia fand es passend, dass eine Schlaftablette ihrer Schwägerin ihrem sadistischen Bruder den Garaus machen würde.

Sie stand auf, faltete den Brief fein säuberlich zusammen und legte ihn auf den Küchentisch. Dann nahm sie sich das Fleischmesser von der Anrichte und ging langsam auf Andreas' Tür zu.

Die Angeln quietschten leise, als Julia die Tür vorsichtig öffnete. Andreas lag noch reglos in seinem Bett. Mit Tränen in den Augen und pochendem Herz ging Julia auf ihren Bruder zu. Sie hob das Messer hoch über ihren Kopf und sah Andreas ein letztes Mal ins Gesicht. Dann ließ sie das Messer nach unten fahren.

Ihre Hände rutschten vom Griff ab, als das Messer in ihren Bruder eindrang. Andreas riss erschrocken die Augen auf.

»Was?!«, schrie er.

Panisch ließ Julia das Messer los. Sie drehte sich um und rannte aus dem Zimmer, ließ alles hinter sich, ihren Koffer, der gepackt neben der Wohnungstür stand ebenso wie den Brief, der auf dem Küchentisch lag. Sie wollte nur noch weg von hier, weg von ihrem Bruder. Hinter sich hörte sie ein Poltern, doch sie traute sich nicht, sich umzusehen.

Sie rannte aus dem Haus auf die Straße. Rannte immer nur gerade aus. Nach etwa hundert Metern drehte sie sich kurz um.

Sie begriff zunächst nicht, was sie sah. Ihr Bruder rannte blutüberströmt und mit wutverzerrtem Gesicht auf sie zu.

Hastig drehte Julia sich um und rannte in die Stadt hinein.

7

Dank der alljährlichen Besuche auf dem nahegelegenen Friedhof kannte Samuel alle nötigen Haltestellen zwischen seiner Wohnung und dem wahrscheinlichen Aufenthaltsort seines Bruders auswendig. Er blickte auf die Uhr und sah, dass er sich beeilen musste, wenn er die nächste Straßenbahn noch erreichen wollte.

Er steckte sein Smartphone ein, nicht ohne dessen Lautstärke zuvor auf den Maximalwert einzustellen und trennte sich von Hardy, vergaß dabei aber, den Infusionsschlauch abzuklemmen, so dass der Rest seines

Frühstücks langsam auf den Schlafzimmerboden tropfte. Samuel rannte durch den kurzen Flur, schnallte sich Laurel auf den Rücken und schloss den aus dem Rucksack ragenden Schlauch wieder an die Infusionsnadel in seinem linken Arm an. Dann öffnete er die Tür und rannte los.

Nach gerade einmal sieben Minuten erreichte er die Haltestelle. Da er vor lauter Anstrengung kaum noch Luft bekam, riss er eine von Laurels Seitentaschen auf und zog ein Nasenspray heraus. Sein einziger Atemkanal weitete sich sofort und Samuel bekam augenblicklich wieder Luft.

Er ging zum Kartenautomat, um ein Ticket zu lösen. Neben dem Automaten hing ein Plakat für eine Edvart-Munch-Ausstellung im Museum. Samuel nahm keine Notiz davon. Gerade noch rechtzeitig spuckte der Automat das Ticket aus. Samuel entriss es beinahe dem Ausgabefach und stieg in die Straßenbahn, deren Türen sich soeben öffneten. Erschöpft ließ er sich auf einen der Sitze sinken und holte sein Smartphone aus der Tasche. Ein kurzer Blick verriet ihm, dass sein Bruder seine Nachricht immer noch nicht erhalten hatte. Als er sein Telefon wieder in die Hosentasche zurückschob, bemerkte er den irritierten Blick der alten Frau, die ihm gegenübersaß. Irgendetwas an ihm schien sie zu verunsichern. Samuel kannte diesen Blick. Sein fehlender Mund hatte schon immer für Irritationen gesorgt.

8

Julia rannte so schnell sie konnte. Sie bekam kaum noch Luft. Plötzlich kamen ihr die absurdesten Gedanken: Sie hätte nicht mit dem Sport aufhören sollen, sie hätte nach dem Studium nicht in der Stadt bleiben sollen. Es war sowieso alles ihre Schuld, ihr trinkender Vater, ihr kranker Bruder und der Selbstmord ihrer Schwägerin. Julia wischte diese Gedanken zur Seite. Sie musste sich jetzt ganz aufs Laufen konzentrieren.

Sie drehte den Kopf nach hinten. Ihr Bruder hatte ein ganzes Stück aufgeholt. Immer wieder schrie er: »Bleib stehen, du Fotze!«

Julia drehte sich wieder nach vorne, um ihren Lauf zu beschleunigen. Das Letzte, was sie sah, war die rote Front der Straßenbahn.

9

Samuel wurde der stierende Blick der Frau schließlich zu bunt. Er stand auf und suchte sich einen anderen Sitzplatz. Immer wieder starrte er auf das Display, doch der zweite Haken wollte nicht auftauchen. Er sah auf die Uhr. Normalerweise benötigte die Straßenbahn nur etwas mehr als 20 Minuten bis ans Ziel, doch heute kam ihm diese Zeit unendlich lange vor.

Kurz vor der Zielstation stand Samuel auf und ging Richtung Tür. Ungeduldig sah er immer wieder auf die Uhr. Die Anzeige über dem Durchgang verriet ihm, dass es bis zur Ankunft nur noch zwei Minuten waren. Als die Anzeige auf eine Restzeit von einer Minute sprang, trat Julia in Samuels Leben.

Durch den Zug, der wegen der nahenden Haltestelle schon seine Geschwindigkeit vermindert hatte, ging ein leichter Ruck, als das Stahlmonster über Julias Körper hinwegrollte. Die Bremsen gaben einen hässlich quietschenden Ton von sich und die Straßenbahn kam allmählich, keine 100 Meter von Samuel Ziel entfernt, zum Stehen. Die Fahrgäste sahen sich irritiert an. Nach einem kurzen Moment der Stille ertönte eine kurze Durchsage, in der der Zugführer mit schockierter Stimme mitteilte, dass die Fahrt aufgrund eines Personenschadens vorerst nicht fortgesetzt werden könne und alle Passagiere gebeten würden, zu warten, bis sie weitere Anweisungen erhielten.

Samuel konnte nicht glauben, was passiert war. Nach einem kurzen Schockmoment realisierte er, dass es sich bei der Person wahrscheinlich um seinen Bruder handelte.

»Welch eine Ironie des gottverdammten Schicksals!«, dachte er und griff nach einem der kleinen Hämmer, die seitlich neben den Fenstern angebracht sind. Er drosch auf die Glasscheibe ein, die erst nur ein paar Risse bekam und schließlich in viele kleine Teile zersprang.

Samuel warf den Hammer auf einen der Sitze und kletterte aus dem Fenster heraus, wobei er sich mit einer Scherbe in die rechte Hand schnitt. Den Schmerz nahm er jedoch nicht wahr, sondern rannte unbeirrt in Richtung des vorderen Zugendes, an dem er die Überreste seines Bruders vermutete. Als er den Führerwagen erreichte, sah er sofort das rote Kleid und die blauen Frauenschuhe. Augenblicklich wurde ihm klar, dass es sich nicht um seinen Bruder handelte. Er spürte, wie eine Last von seinen Schultern abfiel und wandte sich, ohne weiter nach der überfahrenen Frau zu sehen, vom Zug ab und rannte die Straße entlang in Richtung des Spielplatzes.

Er lief, ohne nachzudenken und ohne auf die Autos oder den blutüberströmten Mann zu achten, der ihm entgegenkam. Seine Lungen brannten, doch er hatte keine Zeit, sich eine weitere Ladung Nasenspray zu verpassen oder sich auszuruhen. Es waren nur noch wenige Meter bis zu seinem Elternhaus, das Samuel jedoch links liegen ließ.

Als er um die Ecke bog, konnte er schon das Schild erkennen, das verkündete, dass der Aufenthalt auf dem Spielplatz nur Kindern unter 14 Jahren gestattet ist. Das Schild war längst überflüssig, da in dieser Gegend kaum noch Kinder lebten. Doch auch daran verschwendete Samuel in diesem Augenblick keinen Gedanken.

Plötzlich hörte er hinter sich eine nahende Sirene und dachte: »Was will denn die Feuerwehr bei einem Zugunglück?«

Und dann nahm er den leichten Geruch des Feuers wahr und ihm wurde augenblicklich klar, was das zu bedeuten hatte.

Als er den Spielplatz erreichte und neben der Schaukel den brennenden Körper seines Bruders sah, spürte er plötzlich, wie ihn der Schock traf. Ihm wurde klar, dass er sowieso zu spät gekommen wäre, dass sein Bruder schon gebrannt hatte, als er noch in der Straßenbahn saß, dass er nie eine Chance gehabt hatte.

Tränen liefen ihm in Strömen über das Gesicht. Seine Hand hinterließ dort, wo er sich abstützte, eine Blutspur im Sand. Sein Herz pochte von innen so fest gegen seine Brust, dass es fast seinen Brustkorb sprengte. Mit einer nicht für möglich gehaltenen unmenschlichen Kraft riss Samuel Matthias Feith seine Kiefer auseinander. Die Haut, die sein Gesicht all die Jahre verschlossen hatte, wurde zuerst immer dünner und bekam schließlich erste feine Risse, bevor sie vollständig zerriss.

Blut schoss aus Samuels Mund und aus seiner Kehle

kam ein unbeholfener Schrei. Der erste Schrei seines Lebens, voller Trauer und Wut und Verzweiflung.

Dann brach Samuel zusammen.

»Samuels Schrei« war seit langem die erste Geschichte, die ich geschrieben habe (davor war sechs Jahre Stille). Gleichzeitig ist es die Geschichte, die als letztes überarbeitet wurde (Julia bekam erst ganz zu Ende den Stellenwert, den sie hat).

Ich hatte irgendwo einmal den Titel »I have no mouth, an I must scream« von Harlan Ellison aufgeschnappt und schwups war die Geschichte um Samuel Matthias Feith geboren.

Die Idee war, dass Samuel auf seinen Bruder zu rennt, während Julia von ihrem Bruder davon läuft, bis sich beide Geschichten kreuzen.

Ich schrieb die Geschichte in fünf Stunden runter. Zwischendurch – kurz bevor Samuel seine Wohnung verlässt – machte ich einen kleinen Spaziergang, auf dem ich mir sagte: »Jetzt muss langsam mal was passieren.«

Ich hoffe, dass ich mich mit Julias Schicksal nicht wiederholt habe, gleicht es doch sehr dem von Martina S. aus ESAV EID.

Weiter geht's.

Die Probefahrt

Michael saß in einem der unbequemen Ledersessel des Autohauses, nippte an seinem Kaffee und wippte nervös mit den Füßen. Er wartete ungeduldig auf den übergewichtigen Verkäufer, der vor einer guten Viertelstunde mal eben schnell in sein Büro verschwunden war, um noch ein weiteres wichtiges Formular zu holen. Um die Wartezeit zu überbrücken, hatte Michael bereits drei der ausliegenden Broschüren durchgeblättert und die Präsentation, die in einer Dauerschleife auf einem Fernseher die Vorzüge des neuen Golfs anpries, so aufmerksam wie möglich betrachtet.

Gerade als er ein weiteres Mal nach einer der Broschüren greifen wollte, kam der Verkäufer mit einem breiten Grinsen im Gesicht wieder. In der Hand schwenkte er eine blaue Mappe.

»Vielen Dank, dass Sie so lange gewartet haben.« Das aufgesetzte Grinsen wurde noch unechter. »Ich habe noch einmal mit der Aufbereitungswerkstatt telefoniert. Der Wagen wird gleich hierhergebracht. Sie können Ihre Probefahrt also doch noch heute machen.«

Michael nahm diese Worte nur durch einen Schleier aus Gedanken in sich auf. In seinem Kopf arbeitete es. Er fragte sich, ob es die richtige Entscheidung gewesen war, vor dem Gespräch, das er am Nachmittag führen wollte, noch einen Termin für eine Probefahrt zu vereinbaren. Aber da er sich dazu entschlossen hatte, noch innerhalb der nächsten zwei Monate einen neuen Wagen zu kaufen, hatte er sich dazu durchgerungen und diesen Termin vereinbart.

Viel bedeutender als die Probefahrt an sich war der Grund für die Entscheidung, einen neuen Wagen zu kaufen: Michael hatte vor drei Wochen seine – zugegebenermaßen miese – Ehe beendet, kurz darauf seinen Job gekündigt und beschlossen, einen neuen Wagen zu kaufen. Obendrein hatte er ...

»Wenn Sie möchten, können wir direkt losfahren. Sie müssten nur noch dieses Formular unterzeichnen.«

Der unecht grinsende Verkäufer hatte ihn unsanft aus seinen Gedanken gerissen. Michael nahm wie ferngesteuert den Kugelschreiber in die Hand und unterzeichnete das Formular. Der Verkäufer rasselte mit den Autoschlüsseln. Michael hatte seinen Namen vergessen, ihn aber in Gedanken Mehmet getauft, weil er ihn an einen übergewichtigen Mitschüler erinnerte, den sie früher immer Fetti Metti genannt hatten.

»Dann wollen wir mal. Der Wagen wird gerade vorgefahren.«

Metti hievte seinen wohlgenährten Körper aus dem Bürostuhl und watschelte voran. Michael erhob sich ebenfalls, trank den letzten Schluck Kaffee und folgte dem Verkäufer hinaus. Fetti stand vor dem Golf und hatte bereits die Tür geöffnet. Mit einer einladenden Geste deutete er Michael, sich in den Wagen zu setzen.

Die Erinnerung traf ihn wie ein Schlag ins Gesicht.

Es war der Geruch, den jeder Neuwagen verströmte. Es war der Geruch, der Michael an ein anderes Auto erinnerte. Er erinnerte sich an das Auto seiner Frau. Nicht an den Mazda, den sie zuletzt gefahren war, sondern an ihren Volkswagen, den sie im Juni vergangenen Jahres zu Schrott gefahren hatte. Sie war abends auf einer kurvenreichen Landstraße etwas zu schnell gefahren. In einer besonders scharfen Kurve hatte ihr Auto die Bodenhaftung verloren und war gegen die Leitplanke geschlittert. Jacqueline war nichts passiert. Die Airbags hatten um sie herum einen Schutzschild gebildet. Dennoch war der Wagen total zerstört gewesen. Wie ihre Ehe. Aber anders als den Wagen, hatten Michael und Line die Trümmer ihrer Ehe nicht entsorgt. Sie hatten sich vorgemacht, sie könnten trotzdem noch heil ans Ziel kommen. Was Jacqueline nicht wusste, war, dass Michael schon seit mehr als drei Monaten – gewissermaßen – einen Zweitwagen fuhr.

»Sie können die Spiegel hier an der Mittelkonsole verstellen«, sagte der Verkäufer vom Beifahrersitz aus.

Metti deutete auf einen kleinen Knopf. Michael stellte die Spiegel in die passende Position ein. Die Mettwurst redete unentwegt weiter. Michael startete den Wagen, setzte zurück und fuhr langsam vom Hof des Autohändlers. Die Straße verlief zunächst einige Kilometer durch den beschaulichen Ort. Dann fuhr er über eine Landstraße, die sich mit leichten Kurven von der Stadt weg zu einer Autobahnauffahrt schlängelte. Michael wollte sich zwingen, sich auf die Straße zu konzentrieren, aber immer wieder schweiften seine Gedanken hin zu dem Gespräch, das heute noch vor ihm lag.

Das Problem an seinem »Zweitwagen« war, dass Sabrina nicht nur viel zu jung für ihn war, sie war noch dazu die Frau seines Bruders Sören. Das erste Mal waren sie sich auf einer Familienfeier nähergekommen. Michael wusste schon nicht mehr, wessen Geburtstagsfeier es gewesen war. In der Hinsicht spielte ihm sein Gedächtnis einen Streich. Mal sagte seine Erinnerung ihm, es sei der Geburtstag seiner Frau gewesen, mal war es der seines Bruders. Worin er sich jedoch sicher war, war der Moment, als Sabrina ihn das erste Mal geküsst hatte. Der Kuss war leidenschaftlich gewesen, fast als hätten sich beide schon eine lange Zeit danach gesehnt. Und er war der Beginn einer großartigen, komplizierten, zerstörerischen Affäre gewesen, die ihm ein Gefühl verliehen hatte wie die berauschende Fahrt in einem Porsche. Seit diesem Moment trafen sie sich immer wieder in Hotels, in seinem Haus – wenn Jacqueline eine Geschäftsreise machte – oder in ihrem Haus – wenn Sören Nachtschicht hatte. Doch jetzt trafen sie sich nicht mehr. Michael hatte vor drei Wochen entschieden, dass er diese Beziehung ebenso beenden musste wie seine Ehe, wie sein ganzes bisheriges Leben.

Er beschleunigte den Wagen, setzte den Blinker und fuhr, nachdem er sich im Spiegel vergewissert hatte, dass die Spur neben ihm frei war, auf die Autobahn auf. Der Wagen gehorchte jeder Bewegung seiner Hände am Lenkrad, jeder leichten Zuckung seines Fußes am Gaspedal. Fetti plapperte auf dem Beifahrersitz.

»... haben die Außenspiegel einen extrem kleinen toten Winkel ...«

Michael gab noch etwas mehr Gas und zog auf die mittlere Spur, um einen LKW zu überholen. Er griff zum Autoradio und schaltete es ein. Auf dem Display erschienen einige Sender. Michael tippte wahllos einen an. Es ertönte Musik. Ein Saxofon dudelte und stach ihm in die Brust.

Michaels Bruder hatte im Rahmen einer musikalischen Früherziehung mit fünf Jahren begonnen, Saxofon zu spielen. Er hatte direkt am Anfang große Fortschritte gemacht, es aber später nie so weit gebracht, dass er mit der Musik hätte Geld verdienen können, obwohl es ihm alle zugetraut hatten. Sören hatte Sabrina nach einem Auftritt in einer kleinen verrauchten Kneipe kennengelernt, auf dem er gemeinsam mit zwei Freunden einige Lieder gespielt hatte. Er war damals gerade frisch an die Uni gekommen und hatte aufgrund seiner offenen Art, von Beginn an eine Bekanntschaft nach der anderen gemacht. Sabrina hatte damals in der Kneipe gearbeitet, um sich ihr Studium zu finanzieren. Die beiden waren direkt ein Paar geworden und …

Michael trat scharf auf die Bremse, da ein Wagen vor ihm ohne zu blinken ausgeschert war und auf seine Spur gewechselt hatte. Er sah in den Rückspiegel. Immerhin war niemand hinter ihm gewesen, der hätte auffahren können. Michael sah nach rechts. Metti hatte doch tatsächlich kurz seine nervtötende Rede unterbrochen. Doch sobald Michael wieder auf die Straße sah, fuhr er mit seinem Gelaber fort. Und im selben Augenblick glitten Michaels Gedanken wieder weg. Diesmal gestand er es sich jedoch nicht mehr zu, mit seinen Gedanken abzuschweifen. Er musste die Sache endlich beim Namen nennen.

Michael würde direkt im Anschluss an die Probefahrt seinen Bruder besuchen. Er würde zu ihm fahren und ihm alles offenlegen. Sören hatte es verdient, jede Einzelheit zu erfahren. Michael hatte lange darüber nachgedacht, ob es sinnvoll wäre, diesen Schritt zu tun. Da er vor knapp einem Monat beschlossen hatte, sein Leben neu zu gestalten und alten Ballast zurückzulassen, hatte er es nur als logisch angesehen, nach der Beendigung seiner Ehe und seiner Affäre seinem Bruder von letzterer zu erzählen.

Doch an diesem Morgen waren ihm erste Zweifel gekommen. Er war sich bisher so sicher gewesen, den richtigen Weg gewählt zu haben, dass er es noch nicht in Betracht gezogen hatte, dass er mit diesem Schritt seinem Bruder mehr schaden könnte, als er es sich ausgemalt hatte. Würde er mit diesem Geständnis nicht auch unweigerlich die Ehe seines Bruders zerstören? Wäre Sören nicht glücklicher, wenn er nichts von der Affäre seiner Frau wüsste?

Diese Fragen hatten sich im Laufe des Vormittags wie ein übler Bauchschmerz immer weiter in ihn hineingefressen. Als Michael es nicht mehr aushalten konnte, hatte er kurzerhand seinen Bruder angerufen und ihn gefragt, ob er ihn spontan besuchen könne. Schon auf dem Weg zum Autohaus hatte Michael im Geiste unzählige Varianten des Gesprächs geführt. Keine dieser Varianten war nett verlaufen. Doch er glaubte, dass er sich nach dieser Unterhaltung besser fühlen würde. Vielleicht nicht direkt danach, bestimmt aber nach einigen Tagen.

Beschwingt von diesen Gedanken trat Michael aufs Gaspedal und der Wagen beschleunigte.

Im Radio lief jetzt »Hells bells« von AC/DC.

Das Stauende lag hinter einer Kurve.

Michael war sofort tot.

Habe ich behauptet, vor »Samuels Schrei« hätte ich sechs Jahre lang nichts geschrieben? Es tut mir leid, es zugeben zu müssen, doch ich habe Sie angelogen. »Die Probefahrt« schrieb ich irgendwann vor »Samuels Schrei«.

Die Geschichte hat zwei Väter: Zum einen wären da die letzten drei Sätze, die mir irgendwann einmal in den Sinn kamen. Ich hielt sie in meinem Tagebuch fest (man ist alt und vergisst sonst so vieles). Der zweite Vater – oder eher der Geburtshelfer – war mein Cousin. Eines schönen Abends saßen wir in seinem Arbeitszimmer – er an seinem Rechner, ich am Laptop seiner Frau – und er meinte wie aus heiterem Himmel: »Wir schreiben jetzt beide eine Geschichte und hören erst dann auf, wenn wir damit fertig sind.«

Damals hieß Mehmet noch Susi, doch ansonsten entspricht die hier vorliegende Version fast eins zu eins der damals entstandenen Geschichte.

Sinas Konzert

Sina Sterner stimmte ihre Geige. Wieder und wieder und wieder. War die E-Saite einen Hauch zu hoch gestimmt? Sie drehte abermals an dem Wirbel und zog den Ton hoch, bis er stimmte. Sie schlug ihre Noten auf und spielte die ersten Takte von Bachs Partita No. 2. War die A-Saite abgesackt?

Sie strich erneut über alle vier Saiten. Ja, bestimmt war die A-Saite abgesackt. Sie zupfte vorsichtig mit dem Zeigefinger an der Saite und zog den Ton hoch. Zum siebzehnten Mal strich sie über alle vier Saiten und begann dann, die Feinstimmer einzustellen.

Sina hatte vor nicht einmal drei Jahren mit dem Violinspiel angefangen und wie im Flug die anderen Teilnehmer des Anfängerkurses an der VHS überholt. Das Violinspiel hatte ihr sofort Spaß gemacht. Diese Freude hatte sich noch gesteigert, als sie merkte, dass sie weitaus mehr Talent besaß als ihre Mitstreiter und sie sich bereits nach fünf Wochen in einem Kurs für Fortgeschrittene wiederfand.

Es dauerte noch einen Monat, bis ihre Lehrerin sie nach der Unterrichtsstunde zu sich holte und ihr mitteilte, sie könne ihr leider nichts mehr beibringen. Sie nannte ihr die Telefonnummer eines Privatlehrers und wünschte ihr weiterhin viel Erfolg. Im folgenden Jahr wechselte Sina noch weitere drei Mal ihren Geigenlehrer und machte immer noch große Fortschritte.

Ihr aktueller Lehrer – Herr Michaelis – ermutigte sie als Erster, vor einem größeren Publikum bei einem Violinwettbewerb anzutreten. Sina hatte sich nie Gedanken darüber gemacht, wie es wohl wäre, für ein Publikum zu spielen, da sie bisher immer nur geübt hatte, wenn sie für sich allein gewesen war. Nicht einmal ihre drei besten Freunde hatten eine Ahnung davon, wie gut sie spielte. Doch letzten Endes hatte sie sich dazu überreden lassen, an dem Wettbewerb teilzunehmen, und sich angemeldet.

Jetzt stand sie hinter der Bühne und sah die Noten vor sich. In ihr wuchs stetig eine Panik, die sie zuletzt verspürt hatte, als sie in der Grundschule vor der versammelten Klasse ein Gedicht hatte aufsagen müssen. Ihre Atmung beschleunigte sich und auf ihren Fingern bildete sich Schweiß. Sina fühlte sich, als stünde sie auf einer hohen Klippe und drohte herunterzustürzen. Ihr wurde schwindelig und sie spürte, wie ihre Knie weich wurden. Die Noten auf dem Blatt vor ihr schienen zu verschwimmen. Sie schloss ihre Augen und zwang sich, ihre Atmung zu verlangsamen.

Als sie ihre Augen wieder öffnete, sah sie die Noten klar vor sich. Die schwarzen Kreise und Punkte hoben sich deutlich von dem weißen Hintergrund des Papiers ab. Für Sina stellten diese Noten keine Töne oder Namen von Tönen dar, sondern zeigten ihr nur auf magische Weise die Positionen ihrer Finger auf dem Hals ihrer Geige an. Sie klemmte ihre Geige unters Kinn und ließ ihre Finger schnell und geradezu leicht wie ein Vogel, der über Schnee hüpft, über die Saiten fliegen. In ihrem Kopf hörte Sina jeden der Töne, als hätte sie mit dem Bogen über die Saiten gestrichen. Jetzt stimmten alle Töne. Die Saiten mussten nicht neu eingestellt werden, die Feinstimmer mussten nicht mehr angerührt werden.

Sina klappte ihr Notenheft zusammen und klemmte es sich unter ihren Arm. Sie öffnete die Tür, ging durch den kurzen Flur und stieg die vier Stufen zur Bühne hinauf. Vorsichtig – sie musste sich jetzt geradezu bremsen – ging sie auf den Notenständer, der in der Mitte der Bühne von einem Lichtkegel beschienen auf sie wartete, und legte ihre Noten ab.

Trotz der Dunkelheit im Saal konnte Sina das Publikum erahnen. Sie stellte sich vor, all diejenigen, denen sie etwas zu beweisen glaubte – ihre Chefin, ihre Lehrer, diejenigen, die ihr den Zugang zur Universität versagt hatten – säßen nun in den Stuhlreihen vor ihr. Diese Vorstellung ließ eine Freude in ihr anwachsen, die so enorm war, dass sie beinahe vergessen hätte, sich den Takt einmal im Kopf vorzuzählen, was bedeutet hätte, dass sie viel zu schnell gespielt hätte.

Sina hob die Violine an ihr Kinn, nahm den Bogen in ihre Hand, holte noch einmal tief Luft, schloss ihre Augen, zählte einen Takt vor. Als sie ihre Augen wieder öffnete, flogen ihre Finger elegant wie eh und je über den Hals der Violine, der Bogen strich mit dem exakt richtigen Druck in präzisem Rhythmus über die Saiten und das Publikum hielt den Atem an.

Ich erzählte bereits von meinem Schreibtraining (jeden Tag eine Geschichte, maximal eine Seite). »Sinas Konzert« gehört ebenfalls zu dieser Gattung von Text. Okay, Sie haben mich erwischt: Die Geschichte ist ein bisschen zu lang geworden.

Außerdem hat sie noch eine »Besonderheit«: Es kommt niemand auf grausame Art und Weise ums Leben. Es geht schlicht um eine Frau, die Violine spielt, mehr nicht. Dennoch beinhaltet diese Geschichte ebenfalls einen Konflikt, wenn auch einen inneren. Sie steht ein wenig für das Gefühl, dass der Autor hat, sobald sein Werk der Öffentlichkeit zugänglich gemacht wird. Während des Schreibprozesses erfüllt einen das Erreichte mit Stolz. Doch sobald das Buch auf dem Markt ist, empfindet man es als das Unwerteste, das jemals veröffentlicht wurde.

Johns Zerrissenheit

John hasste sich dafür, dass er immer wieder gegen seine eigenen Prinzipien verstieß. Viele seiner Freunde machten nur noch müde Witze darüber, dass Johns Leben von einer Vielzahl an Vorsätzen und Regeln beherrscht wurde, aber John fühlte sich dadurch sicherer, fast beschützt – wohl und geborgen. Neuerdings rang er mit sich, seine Aufzeichnungen nur noch handschriftlich und nicht mehr am Computer zu verfassen – andere Menschen hätten gesagt »zu machen«, aber John verzichtete seit kurzem auf Hilfsverben. Er wollte dadurch einen direkteren Output erschaffen. So fühlte er sich unmittelbarer an seinen Gedanken; alles war auf eine gewisse Art und Weise unwiderruflich.

Um diese Methode auf die Spitze zu treiben, hatte er sich verboten, seine Dokumente zu speichern – sollte er doch einmal etwas am PC abtippen. Die einzige Version seiner Texte wäre dann die ausgedruckte Fassung, die er sorgfältig in einem alten Ordner sammeln wollte. Aber schon den Text, in dem er diesen weltbewegenden Beschluss niedergeschrieben hatte, hatte er abgespeichert. Und er würde mit allen weiteren Texten ebenso verfahren – andere Menschen würden »es tun«, John »verfuhr«.

Und dann war da noch die Sache mit der Veröffentlichung. Sollte er seine blutigen Anfänge als Schreiberling jemals jemandem zeigen? Was, wenn er es eines Tages wider Erwarten zum Durchbruch schaffte? Solche Gedanken quälten ihn – fast hätte er sie »sich gemacht« –, noch bevor er überhaupt mehr als zehntausend Wörter in einer Woche geschrieben hatte. Er befand sich noch im Basiskurs, am Fuße des Berges, dessen Besteigung schon so manchen Idioten, der die Sache falsch angegangen war, das Leben gekostet hatte. Wenn er auch nicht wirklich um sein Leben fürchten musste, so investierte John doch einiges an Lebenszeit in ein Projekt, dessen Erfolgschancen geringer waren als die Wahrscheinlichkeit, dass eines schönen Tages die Titanic genug von den kalten Tiefen des Ozeans hätte und mir nichts dir nichts auftauchte, sich von selbst wieder an ihrer Bruchstelle zusammenschweißte und ihre Jungfernfahrt beendete.

Aber da Zweifel den Keim des Scheiterns darstellen, schlug John alle Argumente, die ihm sein stets negativ eingestelltes Hirn aufzählte, in den Wind und setzte sich an seinen PC, schiss auf seine Prinzipien und schrieb auf, was ihm gerade in den Sinn kam. Er würde es ausdrucken und abheften und abspeichern. Und seine Prinzipien könnten ihn mal am Arsch lecken.

Habe ich schon von meiner Haltung zu prinzipiengesteuerten Leben geschrieben? Habe ich! Führe ich selbst ein solches Leben? Tue ich! Wünschte ich manchmal, ich könnte aus all den Prinzipien ausbrechen? Fragen Sie John!

Zweifel

»Nun, meine Damen und Herren, ich weiß jetzt, wer der Mörder von Lutz Zimmermann ist.«

Francis Rickenbacker – wie stets altmodisch gekleidet – sieht in erwartungsvolle Gesichter. Alle Anwesenden – allen voran Hauptkommissar Peter Rübsamen – halten den Atem an.

»Ich kann Ihnen sagen, wer Herrn Zimmermann am Morgen des dritten Augusts noch vor seinem Frühstück vergiftete.«

»Wodurch hat der Mörder sich verraten?«, fragt Rübsamen, doch Rickenbacker geht nicht auf seine Frage ein.

Stattdessen stolziert er über die Terrasse, auf der er alle versammelt hat.

»Der Mörder hat sich für genial gehalten und ich muss zugeben, dass seine Methode einiges an Einfallsreichtum voraussetzt.«

Er macht eine kurze Pause und sieht zu seiner Assistentin Melanie Engel hinüber – manchmal heißt sie nicht nur so, sondern verhält sich auch wie eine himmlische Dienerin. Jetzt hat sie mehrere Akten mit Indizien unter ihren Arm geklemmt. Rickenbacker nutzt seine ausgedehnte Sprechpause dazu, alle Anwesenden genauestens zu beobachten. Denn obwohl er glaubt, bereits zu wissen, wer den alten Bankier zur Strecke gebracht hat, findet er doch immer wieder Gefallen daran, seine Verdächtigen schwitzen zu sehen. Vor allem, da er um all ihre schmutzigen Geheimnisse weiß.

»Vieles deutete darauf hin, dass Lutz Zimmermann von seinem Kollegen Rudolph Stahl ermordet wurde.«

Der Genannte zuckt merklich zusammen. Sofort bilden sich dicke Schweißtropfen auf seiner hohen Stirn.

»Das ist doch nicht Ihr Ernst!«, entfährt es ihm. »Sie glauben ja wohl nicht wirklich, dass ich Lutz umgebracht habe.«

Kommissar Rübsamen macht sofort einen Schritt auf den aufgebrachten Bankier zu und fasst ihn hart an der Schulter.

»Beruhigen Sie sich bitte, sonst muss ich noch die Kollegen von oben holen, damit sie Sie in Gewahrsam nehmen.«

Stahl nickt hektisch.

»Ich bin ja schon ruhig. Ich will mich nur nicht fälschlicherweise beschuldigen lassen, meinen Kollegen umgebracht zu haben.«

»Davon war nicht die Rede.« Jetzt ist es wieder Rickenbacker, der spricht. »Ich wollte allen Anwesenden lediglich noch einmal ins Gedächtnis rufen, welche Tatverdächtigen die Polizei bisher hatte und welche Verdächtigen ich ausschließen konnte. Doch, wo wir gerade von Ihnen reden: Stimmt es nicht, dass Sie scharf auf die Position von Herr Zimmermann waren? Und stimmt es nicht weiter, dass er ihnen gedroht hat, Ihre Kokainsucht auffliegen zu lassen, sollten Sie weiterhin Ambitionen auf seine Stelle haben?«

Rudolph Stahl sieht beschämt zu Boden.

Francis Rickenbacker geht hinüber zu seiner Assistentin und lässt sich einen Hefter geben, in dem mehrere Schwarzweißaufnahmen liegen. Er nimmt eine und hält sie Stahl direkt vors Gesicht.

»Wie heißt noch gleich Ihr Dealer? Meier? Müller? Schmidt? Irgend so ein urdeutscher Name. Haben Sie nicht bemerkt, wie meine reizende Assistentin Sie in den vergangenen drei Tagen beschattet hat?« Rickenbacker deutet auf Melanie und sie kann sich ein Lächeln nicht verkneifen. »Sie ist lautlos wie ein Schatten.«

»Er ... Er hat ... Er hat m ... mir damit gedroht, alles dem Chef zu sagen. Dann wäre ich meinen Job losgewesen. Und der fette Sack hätte weiter schön hinter seinem Schreibtisch gehockt und weiter seine Sekretärin gebumst.«

Beim letzten Satz entfährt der viel zu jungen Witwe ein leiser Aufschrei.

»Was sagen Sie da? Mein Mann hat mich betrogen?«

Rickenbacker dreht sich zu Sandra Zimmermann um. Er ist sichtlich verärgert über den Verlauf des Gesprächs. Viel lieber hätte er zunächst Rudolph Stahl auseinandergenommen. Nicht, weil er ihn für den Täter hält, sondern einfach nur, weil er es kann. Jetzt aber muss er sich wohl oder übel Frau Zimmermann widmen.

»Sehr wohl. Ihr Mann hat Sie betrogen. Seit über einem Jahr. Mit drei verschiedenen Frauen. Man möchte sagen, er war ein echter Schürzenjäger.«

Melanie Engel verzieht ihr Gesicht. Diesen Begriff hat sie seit den Neunzigern nicht mehr gehört. Rickenbacker ist eben mit Leib und Seele in der Vergangenheit hängengeblieben.

»Aber er hat mich doch geliebt.« Das ist alles, was Frau Zimmermann herausbekommt.

»Jedenfalls so sehr, wie Sie ihn geliebt haben. Oder wollen Sie etwa nicht zugeben, dass Sie ebenfalls ein Verhältnis mit Ihrem Golflehrer hatten. Mit dem Golflehrer, den Ihr Mann Ihnen besorgt hatte, nachdem Sie sich auf einmal für den Golfsport interessierten, nur weil Ihnen zufälligerweise einmal zwei gute Drives gelungen sind.«

Sandra Zimmermann schluckt mehrmals. Dann kullern dicke, salzige Tränen über ihre Wangen.

»Ich habe meinen Mann geliebt, aber Guido war so ...« Sie sucht nach dem richtigen Wort. Als es ihr endlich einfällt – man hätte etwas Poetischeres erwartet – sagt sie nur: »zart.«

Guido Brinkmeier, der ebenfalls anwesend ist, zuckt kurz zusammen, als hätte ihm ein Gespenst einen Stromstoß gegeben.

»Wie kannst du nur so dämlich sein und meinen Namen nennen?!«, entfährt es ihm.

»Wie können Sie nur so dämlich sein und glauben, ich wüsste nicht, dass Sie es waren, mit dem Frau Zimmermann ein wenig Pep in ihr tristes Leben gebracht hat?«, blafft Francis den Golflehrer an. »Aus welchem Grund hätte ich Sie sonst hierher bestellt? Etwa, weil Sie sich mit dem Toten regelmäßig über Ihre Hobbyimkerei unterhalten haben?«

Ein weiterer Geisterstromstoß lässt Brinkmeier zusammenzucken.

»Wenn Sie wüssten, wie verdächtig Ihr Hobby Sie gemacht hat.«

»Das verstehe ich nicht.«

Es ist das Erste, das Annika Heidenreich sagt. Die junge Erzieherin hat bisher nur stumm in der Ecke gestanden und gebangt, man würde sie auch ins Kreuzfeuer nehmen.

»Herr Zimmermann wurde mithilfe vergifteten Honigs umgebracht.«

Rickenbacker genießt die »Ohs« und »Ahs« der versammelten Mannschaft. Er sieht fast freudestrahlend in die Runde. Seine leuchtenden Augen lassen einen unbeteiligten Beobachter nur schwer erkennen, dass es unter seiner Stirn arbeitet. Wieder versucht er jede Gefühlsregung der Anwesenden aufzunehmen. Melanie Engel weiß das. Sie weiß auch als Einzige, dass er gelogen hat, als er behauptete, zu wissen, wer der Mörder sei. Zumindest bis gerade eben wusste er nichts, sondern hat nur geblufft und geplaudert, um so einen der Verdächtigen dazu zu bringen, sich zu verraten.

»Rufen wir uns noch einmal in Erinnerung, wie der Tote aufgefunden wurde.« Rickenbacker geht hinüber zu der alten durchgelegenen Hängematte und legt sich in sie hinein. »Lutz Zimmermann wurde tot in seiner Hängematte liegend aufgefunden. Hier hatte er nach den Aussagen seiner Frau seine letzte Nacht verbracht. Hach, was muss das herrlich gewesen sein, unter freiem Himmel zu schlafen.«

»Francis du alter Träumer, komm endlich zum Punkt«, denkt Melanie Engel und lächelt leise in sich hinein.

»Er hatte wohl schon einen Bissen von seinem Honigbrot gegessen und auch schon einen Schluck Tee getrunken. Denn die Obduktion hat ergeben, dass vergifteter Honig die Todesursache war.«

Ruckartig setzt Rickenbacher sich auf und sieht seine Zuhörer mit weit aufgerissenen Augen an.

»Nur war weder der Honig auf dem Brot noch der Honig im Tee vergiftet. Wie also war der vergiftete Honig in Zimmermanns Körper gelangt?«

Wieder sieht er die Umstehenden an, wie ein Lehrer in einem alten Schwarzweißfilm seine neugierig dreinblickende Schülerschaft.

»Wie ich schon sagte, ist der Mörder äußerst geschickt vorgegangen. Das musste er ja auch, denn er wollte auf keinen Fall während des Mordes anwesend sein. Dennoch hatte er Glück im Unglück, dass sein perfider Plan aufging. Denn eigentlich sollte Lutz Zimmermann bereits vor dem Frühstück sterben. Doch durch einen glücklichen Zufall setzte die Kette von Ereignissen, die seinen Tod bedeuten sollten, um wenige Augenblicke verzögert ein.«

Rickenbacker steht auf und geht zu dem hölzernen Tisch, auf dem ein leerer Teller und eine leere Tasse stehen. Er tut so, als rühre er mit einem Löffel in der Tasse. Danach legt er sich wieder in die Hängematte.

»Der Tote war nämlich früher aufgewacht als gedacht. Er hatte sich bereits ein Frühstück zubereitet und schon etwas gegessen. Dann aber muss er sich aus irgendeinem Grund wieder in die Hängematte gelegt haben. Und das wurde ihm zum Verhängnis.«

Jetzt lauschen alle wie gebannt Rickenbackers Ausführungen, nur Brinkmeiers Herz schlägt wie wild. Auf seiner Stirn bilden sich ganze Meere aus Schweißperlen. Doch niemand nimmt Notiz davon. Alle sehen wie hypnotisiert auf den Detektiv, der seelenruhig in der Hängematte liegt und über den möglichen Tathergang referiert.

»Der Mörder ist ein Genie, das muss ich ihm lassen. Er wusste von Zimmermanns Liebe für Honig, er hatte ja oft genug mit ihm darüber geplaudert. Und er ist ein begabter Rechenkünstler. Er hat sich exakt ausgerechnet, wo er einen mit Zyankali vergifteten und in festen Wildhonig getauchten Faden an der Decke platzieren muss, damit der Honig im ersten Morgenlicht der Sonne zu schmelzen beginnt und langsam wie eine totbringende zähe Masse an dem Faden nach unten fließt, um schließlich in Herrn Zimmermanns offenen Mund zu fallen.«

Kopfschütteln in den Reihen der Zuhörer. Nervöse Blicke von Brinkmeier.

»Der Mörder muss gewusst haben, dass Zimmermann stets mit offenem Mund schlief. Und er muss einen großen Hass auf sein Opfer gehabt haben.«

Jetzt steht Rickenbacker auf und wendet sich an Guido Brinkmeier: »Wie siehts aus: Wollen Sie uns nicht verraten, wieso Sie Lutz Zimmermann auf so grausame und dennoch geniale Art und Weise umgebracht haben?«

Annika Heidenreich und Rudolph Stahl, die links und rechts von Brinkmeier stehen, machen beide einen großen Schritt zur Seite. Peter Rübsamen, der neben Francis Rickenbacker steht, packt den Beschuldigten am Arm.

»Ja, ja, ich war es. Und zwar genau so, wie Sie es geschildet haben. Ich habe Lutz gehasst. Er hatte alles, was ich nicht hatte. Und als ich endlich das haben konnte, was er hatte, wollte Sandra einfach nicht die Scheidung einreichen. Sie hat sich schlicht geweigert. Aber sie war doch für mich bestimmt. Wie konnte sie sich da nur weigern, sich scheiden zu lassen? Sie liebte ihn doch gar nicht mehr. Sie liebte nur noch das Haus und das Geld.«

Sandra Zimmermann sieht wie versteinert ins Leere. Rübsamen fordert mit seinem Funkgerät zwei Polizisten auf, nach unten zu kommen. Die beiden sind wenige Augenblicke später da und führen Brinkmeier ab.

Kommissar Rübsamen wendet sich an Rickenbacker: »Das war mal wieder eine Glanzleistung mein alter verrückter Freund.«

Da er weiß, wie sehr Rickenbacker menschliche Berührungen verabscheut, verkneift er es sich, ihm anerkennend auf die Schulter zu klopfen.

»Mal ehrlich: Da wäre ich nie drauf gekommen. Vergifteter Honig an einem Bindfaden, der dann durch die Sonne schmilzt und dem Opfer direkt in den Mund träufelt. Der Mörder hatte aber auch ein verdammtes Glück.«

»Von Herrn Zimmermanns Standpunkt betrachtet würde ich eher von Pech reden«, entgegnet Rickenbacker trocken.

»Wie? Natürlich.«

Rübsamen schüttelt den Kopf. Dann sieht er auf seine Uhr. »Ich sollte mich beeilen, dass ich ins Büro komme. Schließlich habe ich noch ein nettes Protokoll vor mir.«

»Geht klar.« Rickenbacker nickt ihm zum Abschied nur zu, dann setzt er seinen altmodischen Hut auf und tippt zum Gruß mit dem Finger an die Krempe.

»Ich darf mich empfehlen werte Damen und Herren. Sollten Sie einmal einen Detektiv brauchen ... Sie haben ja meine Karte.«

Melanie Engel folgt ihm. Gemeinsam gehen sie zur Straße und steigen in das bereitstehende Taxi.

An der Hotelbar bestellt Rickenbacker wie üblich einen Scotch für sich und eine Cola für Melanie. Als sie ihre Getränke haben, prosten sie sich gegenseitig zu.

»Auf einen weiteren gelösten Fall, Mr. Rickenbacker.«

Melanie weiß, dass Francis es mag, wenn man ihn so nennt. Er fühlt sich dann bedeutender. Fast schon edel. Verraten hat er ihr das zwar nie, doch sie sieht es jedes Mal an seinem Blick.

»Auf einen weiteren gelösten Fall.«

Rickenbacker trinkt sein Glas in einem Zug leer. Er bestellt sich einen weiteren Drink und greift dann zu der hölzernen Schale mit Erdnüssen.

»Wissen Sie«, sagt Melanie Engel zögerlich, »die Zeitungen werden sich wieder wegen Ihrer famosen Leistung überschlagen. Ich möchte wetten, dass Sie bereits jetzt das Thema Nummer eins in den sozialen Netzwerken sind.«

Sie nippt an ihrer Cola.

»Kein anderer Mensch wäre auf die brillante Idee gekommen, dass der vergiftete Honig dem Toten von der Decke direkt in den Mund getropft ist.«

Francis gähnt demonstrativ. Dann sagt er: »Das war doch eine meiner leichtesten Übungen.«

Melanie gähnt jetzt ebenfalls. Offensichtlich hat sie sich anstecken lassen. Sie sieht auf ihre Armbanduhr und stellt laut erstaunt fest, dass es bereits kurz vor Mitternacht ist.

»Nein, nein«, sagt Rickenbacker. »Sie sehen das völlig falsch. Es ist doch erst kurz vor elf.«

Zum Beweis zückt er seine reichlich verzierte Taschenuhr und klappt den Deckel auf. Melanie Engel verdreht die Augen.

»Haben Sie etwa immer noch nicht Ihre Uhr umgestellt? Hier in Deutschland ist es immer exakt eine Stunde später als bei Ihnen drüben in London.«

Sie trinkt ihre Cola aus und nimmt ihre Handtasche vom Stuhl.

»Sie sollten sich endlich auch einmal ein Smartphone zulegen. Dann bekämen Sie nämlich immer beide Uhrzeiten gleichzeitig angezeigt.« Sie gähnt erneut – diesmal recht ausgiebig. »Wie dem auch sei, ich gehe jetzt auf mein Zimmer. Wir sehen uns morgen früh zum Frühstück.« Sie steht auf, bleibt jedoch noch an der Theke stehen. »Um neun Uhr deutscher Zeit. Also für Sie bereits um acht.«

Sie küsst ihn zum Abschied auf die Wange und verlässt dann die Bar. Francis trinkt sein zweites Glas Scotch aus – diesmal genießt er es – und geht dann ebenfalls auf sein Zimmer. Bevor er sich ins Bett legt, nimmt er seine alte

Taschenuhr, die er von seinem Großvater geerbt hat, und stellt den Zeiger auf zwölf Uhr. Dann legt er sich, ohne sich auszuziehen, in sein Bett.

In Deutschland ist es acht Uhr, als Francis Rickenbacker erwacht. In London ist es zur selben Zeit erst sieben Uhr. Francis hat ein mulmiges Gefühl in der Magengegend. Die kalte Dusche, die er sich zur Abhärtung jeden Morgen auferlegt, mildert das seltsame Gefühl nicht wirklich.

Er geht nach unten in die Hotellobby. Da er zu früh ist, kauft er sich eine Zeitung und geht nach draußen. Er schlendert langsam um den Block. Während er sich von seinen Füßen durch die Straßen leiten lässt, lässt er seinen Gedanken freien Lauf. Sie entgleiten ihm in die Unmengen von Indizien, die er und Kommissar Rübsamen untersucht haben. Die Hinweise, die sie übersehen oder möglicherweise falsch gedeutet haben, streift er nur minimal. Inzwischen führen ihn seine Füße zu einem alten heruntergekommenen Zeitungskiosk. Interessiert sieht Francis sich die ausliegenden Zeitungen an. Er hat es tatsächlich auf die eine oder andere Titelseite gebra ...

Verdutzt hält Francis inne. Sein Herz setzt für einen Moment aus. Er blinzelt mehrmals, doch seine Augen haben ihn nicht getäuscht. Hastig dreht er sich um und hetzt zurück ins Hotel. Auf dem Weg dorthin schwirren seine Gedanken wie wild umher. Er muss sofort mit Melanie sprechen.

Gott sei Dank sitzt sie bereits am Frühstückstisch.

»Francis, ich hatte schon befürchtet, Sie hätten verschlafen, weil Sie Ihre Uhr nicht umgestellt haben. Ich wollte schon auf Ihrem Zimmer anrufen.«

Während sie redet, rückt sie den freien Stuhl zurecht.

Erst als Rickenbacker sich gesetzt hat, fällt ihr auf, wie verstört er aussieht.

»Mr. Rickenbacker, stimmt etwas nicht?«, fragt sie.

»Die Zeitung. Die Uhr. Frau Heidenreich.«

Rickenbacker stammelt zunächst nur unverständliches Zeug. Er muss zunächst eine Tasse Kaffee trinken, um seine Gedanken zu sammeln.

»Ich war draußen. Dort habe ich etwas gesehen. Etwas, das mir die Augen geöffnet hat.«

Melanie sieht ihn interessiert an.

»Was haben Sie gesehen?«

»Ich war an einem Kiosk. Dort habe ich mir die Zeitungen angesehen. Sie hatten recht: Auf den meisten dieser Zeitungen war ich zu sehen. Durch die Lösung des Zimmermann-Mordes habe ich scheinbar das Interesse der Medien geweckt.«

Er macht eine kurze Pause und trinkt einen weiteren Schluck Kaffee.

»Aber ich war nicht auf allen Zeitungen. Auf einer Zeitung hätte ich auch gar nicht sein können. Es war nämlich die Zeitung von gestern. Darauf war natürlich ein völlig anderes Titelthema zu sehen. Obwohl beide Zeitungen am gleichen Tag verkauft werden.«

Melanie versteht nicht wirklich, was ihr Chef ihr sagen möchte.

»Ich fürchte, ich verstehe Sie nicht recht. Was hat Sie so verwirrt?«

»Es ist mir natürlich klar, dass die alte Zeitung nur dort gelegen hat, weil der Kioskbetreiber sie noch nicht weggeräumt hat. Aber dennoch hat mir dieser Umstand die Augen geöffnet. Es ist wie mit der Zeit.« Er hält kurz inne und sieht Melanie direkt in die Augen. »In London ist es acht Uhr, während es in Berlin mir nichts, dir nichts bereits neun Uhr ist.«

»Was um Himmels Willen wollen Sie mir damit sagen, Mr. Rickenbacker?«

»Was ich eigentlich sagen will, ist, dass ich erhebliche Zweifel daran habe, dass Guido Brinkmeier Lutz Zimmermann getötet hat.«

»Was?«

»Es heißt: Wie bitte?« Rickenbacker stürzt den Rest Kaffee herunter. »Was wäre, wenn Frau Heidenreich, die vom Toten fälschlicherweise dazu gedrängt wurde, ihre Ersparnisse in einen Aktienfond zu investieren, einen Privatdetektiv damit beauftragt hätte, Zimmermanns Wohnsitz in Erfahrung zu bringen? Das hat sie nämlich getan. Und was wäre, wenn sie Lutz Zimmermann zur Rede gestellt hätte, er sie aber einfach hinauskomplimentiert hätte?«

Rickenbacker redet jetzt immer schneller. Melanie Engel hat keine Chance, Nachfragen zu stellen. Also lässt sie ihn reden.

»Was wäre, wenn Annika Heidenreich sich an dem besagten Morgen auf Zimmermanns Grundstück begeben hätte und ein wenig Blausäure in seinen Tee gegeben hätte? Sie musste dazu nur die Tassen austauschen, während Zimmermann sich nach dem ersten Bissen und dem ersten ungiftigen Schluck noch einmal für einen kurzen Moment hingelegt hatte. Nach der Tat stellte sie einfach wieder die erste Tasse hin, in der sich kein Gift befand, dafür aber Zimmermanns DNA.«

Da Rickenbacker sich neuen Kaffee eingießt, kommt Melanie endlich doch noch zu Wort: »Aber was ist mit dem vergifteten Faden? Was ist mit Herrn Brinkmeiers Hass auf Zimmermann? Was ist mit all den Indizien?«

»Was mit Brinkmeier ist? Was wäre, wenn alles so wäre, wie ich es eben geschildet habe? Dann bekäme er was? Lebenslängliche Haft für etwas, das er überhaupt nicht begangen hat?«

»Aber er hat doch gestanden. Er hat die Tat doch gestern auf der Terrasse gestanden.«

Francis Rickenbacker lächelt nur kurz. Dann sagt er: »Was ist, wenn nicht ich mich getäuscht habe, sondern der Autor? Was ist, wenn der Autor dieser Geschichte all die falschen Spuren gelegt hat, nur um Brinkmeier des Mordes zu beschuldigen? Was ist, wenn er es nur getan hat, weil der Fall dann spektakulärer und komplexer geworden wäre? Was ist, wenn der Autor seine Leser nur lange genug hinters Licht führen wollte und er das mit der naheliegenden Lösung nicht geschafft hätte?«

Melanie Engel schluckt einen viel zu trockenen Bissen ihres Brötchens herunter. Der Bissen bleibt ihr beinahe im Hals stecken.

»Was würde passieren, wenn ich es bei dieser Lösung des Falles bewenden ließe? Würden am Ende die Filmrechte an irgendeine Fernsehanstalt verkauft und man würde einen abendfüllenden Krimi daraus stricken? Und die Folge davon wäre, dass die Zuschauer einer Lüge Glauben schenkten.«

Rickenbacker steht von seinem Stuhl auf.

»Ich sage Ihnen, was passieren wird: Ich werde Frau Heidenreich des Mordes überführen und Frau Zimmermann und den Hauptkommissar Herr Rübsamen und Sie auch und schließlich werde ich mich selbst als Mörder anzeigen. Soll der Autor doch sehen, wie er seine Geschichte zu Ende erzählt bekommt. Ich tanze jedenfalls nicht mehr nach seiner Pfeife.«

Er setzt seinen Hut auf und verlässt das Restaurant. Oder auch nicht. Ich weiß es nicht.

Ende

»Zweifel« entstand als Beitrag für einen Kurzkrimiwettbewerb, der leider nie stattgefunden hat. Die Idee, eine Geschichte darüber zu schreiben, dass der Protagonist Zweifel an seinem Handeln bekommt und er sich letztlich seines Daseins als fiktiver Charakter bewusst wird, kam mir, beim Spielen des Videospiels »Alan Wake«, in dem der Hauptcharakter – ein Autor – irgendwann merkt, dass er möglicherweise Teil einer Geschichte ist, die von einem anderen Autoren ersonnen wurde.

Eine weitere Variation dieses Themas ist der Film Schräger als Fiktion, in dem der Protagonist Harald ebenfalls feststellen muss, dass sein Schicksal in den Händen einer Romanautorin liegt.

Bei »Zweifel« kam noch der Gedanke hinzu, dass ich einen Krimi schreiben wollte, der über das bloße »Whodunit« hinausgeht. Ich hoffe, dass ist mir mit dieser Geschichte gelungen.

Der Glückstaler

Der alte Taler hatte Zachary schon immer Glück gebracht.
Jedenfalls behauptete er das. Fragte man ihn, wie sich das
Glück äußerte, erzählte er immer die gleiche Geschichte
davon, wie er auf dem Weg zum Musterungsamt gewesen
war und wie ihm der Taler – eine alte Münze, die er von
seinem Großvater geschenkt bekommen hatte – durch
ein Loch in der Hosentasche entwischt und quer über
die Straße gerollt war. Zachary war hinterher gesprungen
und direkt von einem vorbeifahrenden Wagen überrollt
worden. Durch diesen »Glücksfall«, wie er es nannte, war
er dem Krieg entkommen und hatte stattdessen während
seines Studiums an der Universität seine spätere Frau
Amely kennengelernt.

Tatsächlich gab es aber noch weitere solcher »Glücks-
fälle«, die mal größeres, mal kleineres Unglück verhinder-
ten, jedoch niemals, ohne ihren Preis dafür zu verlangen.
In den 50-ern gebrauchte Zachary seine Münze, um eine
Schraube an einem Regal festzuziehen, die sich jedoch
prompt wieder löste und ihm eine wunderbare große
Beule am Kopf und die schlimmsten Kopfschmerzen
seit langem bescherte. Außerdem bedeutete das natürlich auch, dass er dem Familienwochenende mit seinen
Schwiegereltern, die einmal im Jahr auf seinen Besuch
warteten, entgehen konnte.

Jetzt befand Zach sich auf der Pferderennbahn und war
im Begriff, seinen Glückstaler auf das langsamste Pferd zu
setzen, um so einen riesigen Haufen Geld zu gewinnen.
Zach war dank der Wirtschaftskrise, die ihn um Haus
und Hof gebracht hatte, mehr als bankrott. Böse Zungen

hätten behauptet, sein notorischer Geldmangel hinge mit seinen regelmäßigen Besuchen auf der Rennbahn zusammen. Wie dem auch sei, der Typ im Pfandleihhaus hatte jedenfalls den Wert der Münze auf etwas mehr als 100 Dollar geschätzt, was bedeutete, dass Zach einen enormen Batzen mit nach Hause nehmen würde.

Wenn er den Glücksfall überlebte.

Er hatte sich nämlich ausgerechnet, dass die »Nebenwirkung« – wie er die Missgeschicke nannte, die die Münze bisher verursacht hatte – bei einem solch beträchtlichen Gewinn ebenfalls größer und somit auch gefährlicher ausfallen dürfte.

Aus diesem Grund achtete Zachary, den Tippschein in der Hand, auf jede potentielle Gefahrenquelle, als er langsam zu seinem Platz zurückging. Geschickt wich er dem dicken Mann aus, der mit verträumtem Blick achtlos durch die Gegend stolzierte, bemerkte gerade noch rechtzeitig die zu stark polierte Glastür, hob den Gehstock auf, über den er beinahe gestolpert wäre und wischte mit dem Handrücken die Reißzwecke von seinem Sitzplatz, die weiß der Teufel wer, mit zum Pferderennen genommen hatte, nur um sie auf Zachs Stammplatz zu platzieren.

Als er endlich unbeschadet auf seinem Lieblingsplatz angekommen war, war er ein wenig stolz auf sich, dass er der magischen Waage, die das Glück der Münze zu bemessen schien, ein Schnippchen geschlagen hatte. Zufrieden atmete er aus und wartete auf den Beginn des Rennens. Es dauerte noch etwa eine Viertelstunde, bis sein Rennen losging. Als der Startschuss fiel, blieb Zachary seelenruhig auf seinem Platz sitzen, denn was konnte schon schief gehen? Über die Köpfe der anderen Zuschauer hinweg verfolgte er, wie sein Pferd einen außerordentlich guten

Start hinlegte und sich bald auf der ersten Position befand. Alles verlief, wie Zachary es erwartet hatte. In der vorletzten Runde jedoch schien dem Pferd die Puste auszugehen. Es wurde langsamer und fiel zurück.

Was war da bloß los? Zach konnte es sich beim besten Willen nicht erklären, bis es ihm wie Schuppen von den Augen fiel. Die Glückswaage war aus dem Gleichgewicht geraten. Er hatte die Macht des Talers betrogen, hatte den Preis für sein Glück nicht bezahlt. Er würde verlieren, so einfach war das. Und damit würde er auch für immer seinen Glückstaler verlieren. Nach all dem Guten, was er ihm beschert hatte. Das durfte Zachary nicht geschehen lassen. Noch war Zeit, die Rechnung zu begleichen. Er stand auf und rannte wie wild umher, ohne jedoch vom Schicksal ein Bein gestellt zu bekommen. Dann musste er die Sache eben selbst in die Hand nehmen. Er sprang die Treppe hinunter, wobei er jedoch darauf achtete, dass er mit seinem rechten Fuß ungünstig auf der letzten Treppenstufe landete. Es knackste laut, als der Knöchel brach. Der Schmerz war unerträglich. Ein Blick zur Rennbahn verriet Zach jedoch, dass die Münze sich damit noch nicht zufriedengegeben hatte. Zach suchte den Boden vor seinem Sitz ab, bis er schließlich die Reißzwecke fand, legte sie mit der Nadel nach oben auf den Stuhl und ließ sich schwungvoll mit seinem Allerwertesten voran direkt auf die Nadelspitze fallen. Er schrie laut auf. Bildete er es sich nur ein, oder hatte sein Pferd tatsächlich ein wenig aufgeholt?

Panisch schätzte Zachary die Entfernung zur Ziellinie ab. Es waren nur noch etwas über hundert Meter. Er musste sich etwas einfallen lassen, um den Scheißgaul wieder auf die erste Position zu bekommen. Gerade als seine Verzweiflung am größten war, sah Zachary einen Engel in Form einer fetten Frau, die sich mit vier Bierkrügen, die sie auf einem Tablett balancierte, ihren Weg durch die Menge bahnte.

Zachary warf einen letzten Blick auf die Rennbahn, dann holte er tief Luft und rannte auf die dicke Frau zu.

Mein Schwager sagt immer zu mir: »Du schreibst immer so düster und mit so vielen Toten.«

Hah, nimm das!

Die Geschichte »Der Glückstaler« ist mein Versuch, eine komische Geschichte zu schreiben (wobei ich »Joachim isst Salat« auch komisch finde). Wieder einmal hatte ich den von mir selbst gesetzten Rahmen von einer Seite gesprengt. Doch das war nicht mein kleinstes Problem bei dieser Geschichte.

Ich glaube, dass jede Geschichte einen zentralen Konflikt benötigt. Doch wie sollte ein solcher Konflikt in einer komödiantischen Geschichte aussehen? Das zugrunde liegende Thema ist, die Vorstellung, dass das Schicksal (oder Gott, oder das Universum) für all unser Glück auch immer einen Tribut verlangt. Manchmal glaube ich – unbewusst – wirklich daran, was oft dazu geführt hat, dass ich in Zeiten des Glücks ein großes Unglück erwartet habe. Aber wollte ich mich nicht eigentlich nicht mehr so stark von Prinzipien und dergleichen leiten lassen? Schnell weiter zum nächsten Text.

Eingemauert

Oskar erwacht um 1:23 Uhr. Er knurrt mürrisch, als er auf der Digitalanzeige seines alten Weckers erkennt, dass es noch mitten in der Nacht ist. Er versucht, sich an den Namen des Medikaments zu erinnern, das einem in der Werbung verspricht, nie wieder müssen zu müssen. Er hat es vergessen. Vielleicht sollte er mal was gegen Vergesslichkeit nehmen.

Da kein Weg um den Gang zur Toilette herumführt, rollt Oskar sich aus dem Bett und wankt im Dunkeln mit halb geöffneten Augen zur Tür. Seine Hand tastet nach dem Türgriff und tappt ins Leere. Oskar geht ein wenig weiter nach links und tastet erneut. Wieder nichts.

»Die Tür ist weg«, ist sein erster Gedanke. Dann kommt ihm die Idee, er könnte sich im Schlaf im Bett herumgedreht haben. Er geht langsam mit der Hand an der Wand weiter nach links. Seine Finger berühren etwas Glattes. Es ist der Lichtschalter.

Oskar kneift die Augen fest zusammen, als ihn das grelle Licht der Deckenlampe blendet. Vorsichtig öffnet er zunächst nur das linke und dann auch das rechte Auge und sieht sich im Zimmer um. Er hat sich nicht im Schlaf im Bett herumgedreht. Die Tür ist tatsächlich weg. An ihrer Stelle ist schlicht eine Mauer, als wäre jemand in der Nacht gekommen und hätte das Loch in der Wand zugemauert.

Schlagartig wird Oskar panisch. »Wer zum Geier macht denn sowas?«, denkt er. Und: »Wie komme ich jetzt zur Toilette? Ich kann mir ja schlecht in die Hose machen.«

Auf dem Nachttisch steht ein Glas Wasser. Oskar überlegt einen Moment, das Wasser zu trinken und dann ins Glas zu pinkeln, wie damals bei der Bundeswehr. Doch dann verwirft er den Gedanken rasch wieder. Am Ende wäre der Becher zu klein und dann hätte er die Sauerei.

Der Druck auf der Blase wird immer schlimmer. Oskar verzweifelt fast, als ihm die rettende Idee kommt: Er wird einfach aus dem Fenster pinkeln. Schnell steigt er auf sein Bett und zieht die Vorhänge zur Seite. Sein Herz setzt einen Moment aus, als er sieht, dass auch hier die Wände zugemauert sind.

Die Lage ist aussichtslos. Also geht Oskar zum Kleiderschrank und holt den Presslufthammer heraus. Mal wieder.

Was macht man, wenn man nachts auf die Toilette muss und im Halbschlaf die Idee für diese Geschichte bekommt? Man sucht sich verzweifelt Zettel und Stift und schreibt die wesentlichen Handlungszüge auf (was bei einer Seite nicht sonderlich schwer ist). Seit dieser Nacht liegt auf meinem Nachttisch ein Notizblock griffbereit.

Sein letzter Witz

Üblicherweise achtet Franklin sehr penibel darauf, keinen Schmutz in fremde Wohnungen zu tragen und tritt sich deshalb vorher immer übertrieben lange die Füße ab. Aber jedes »Üblicherweise« hat mindestens eine Ausnahme und so kommt es, dass Franklin – der eigentlich Frank Maria Wiegand heißt – die Wohnung von Rocco, dem Clown, betritt, obwohl er kurz vorher an der Hausecke in einen Hundehaufen getreten ist.

Der Grund für diese Ausnahme ist recht einfach: Der Boss ist sauer. Extrem sauer. Er hat geschäumt vor Wut und Roccos Kopf gefordert. Franklin hat eine halbe Stunde auf ihn einreden müssen, bis der Boss sich dazu entschied, nicht gleich das Killerkommando zu schicken, sondern eben nur Franklin und Dubois.

Dubois ist Franzose, breit wie drei Bodybuilder und der Mann fürs Grobe. Franklin weiß, dass nicht alle Klienten, die das Vergnügen mit Dubois hatten, danach noch eine hohe Lebenserwartung haben. Doch er glaubt, dass er den Gorilla in Zaum halten kann. Schließlich weiß er, was auf dem Spiel steht.

Franklin und Dubois gehen den dunklen Hausflur entlang. Auf beiden Seiten des engen Ganges führen Türen in schäbige kleine Löcher. Franklin vermutet, dass die Mieten in diesem Teil der Stadt unter fünfzig Euro pro Woche liegen dürften. Wenn man sich auf der Leiter der sozialen Hierarchie der Gesellschaft ganz nach unten arbeiten will, führt an diesem Ort vermutlich kein Weg vorbei.

Vor der drittletzten Tür bleibt Franklin stehen. Das

kleine Blechschild mit der 13 darauf hängt von nur noch einer Schraube gehalten lose an der Tür. Franklin wartet, bis Dubois ebenfalls die Tür erreicht. Als der seine Waffe zieht, schüttelt Franklin nur mit dem Kopf. Dubois packt sein Spielzeug – wie er seine 44er Magnum liebevoll nennt – wieder weg und zuckt mit den Schultern.

Franklin atmet noch einmal tief durch, dann klopft er an. Die Tür ist so marode, dass er sie beinahe eingeschlagen hätte. Er hört, wie sich Schritte nähern. Die Tür hat keinen Spion, also kann Rocco nicht wissen, wer vor seiner Wohnung wartet. Aber er kann es ahnen.

Dubois greift schon wieder nach seiner Pistole, aber Franklin schüttelt ein weiteres Mal energisch den Kopf.

»Rocco, bist du zuhause?« Franklin wartet gar nicht erst auf die Antwort. »Ich bin's, Franklin. Der Boss schickt uns.«

Franklin beißt sich beinahe auf die Zunge. Er verflucht sich dafür, dass er preisgegeben hat, dass sie zu zweit angerückt sind.

»Würdest du uns bitte reinlassen?«

Ein letzter Versuch, den Verlauf der Geschichte in eine friedliche Bahn zu lenken. Aus den Augenwinkeln sieht Franklin, dass Dubois sich bereit macht, die Tür mit seiner Schulter einzurammen, doch zu ihrer beider Überraschung öffnet sich die Tür und Rocco steht vor ihnen.

Der kleine Mann ist mit nichts weiter bekleidet als einem zerschlissenen Bademantel, den er über seinen grünen Boxershorts trägt. Sein dünnes Haar ist ungekämmt. Die Tage, als die Stirn noch vom Haar bedeckt war, liegen in einer weit entfernten Vergangenheit. Roccos Schultern hängen nach unten. Sein ganzer Körper scheint ihrem Beispiel zu folgen.

Franklin kennt Rocco schon fast zehn Jahre. Er hat seine Auftritte immer wieder gesehen und es jedes Mal genossen, wenn er sich vor Lachen biegen musste. Rocco war der beste Clown, den Franklin je gesehen hatte. War. Vergangenheitsform. Letzte Woche musste das Publikum erst lachen, als ein verärgerter Zuschauer Rocco eine leere Bierdose an den Kopf warf. Gestern Abend half nicht einmal mehr das.

»Was gibt's?«

Roccos Frage ist so überflüssig, wie ein Rettungsboot, das man auf eine Zugfahrt mitnimmt. Rocco weiß, was los ist. Der Boss ist sauer. Stinksauer.

»Der Boss ist sauer. Stinksauer«, spricht Franklin das Offensichtliche aus. Er schiebt Rocco zur Seite und betritt das Loch, das Rocco seine Wohnung nennt.

Der einzige Raum ist gerade einmal so groß wie Franklins Küche und dient als Schlaf- und Esszimmer. In einer Ecke sind eine kleine Herdplatte und eine Spüle installiert. Die Tür zur Toilette ist aus den Angeln gefallen und lehnt an der Wand. Der Toilettendeckel ist hochgeklappt. Im ganzen Raum stinkt es. Absurderweise hängt an der Decke – als wäre er aus einem anderen Universum in die kleine Wohnung hereingeschneit – ein großer alter Leuchter.

Franklin setzt sich auf den einzigen Stuhl im Raum. Der Gorilla Dubois bleibt an der Wohnungstür stehen. Rocco verliert sich irgendwo im Nirgendwo zwischen Spüle und Bett. Schließlich entscheidet er sich dafür, sich auf sein ungemachtes Bett zu setzen.

»Der Boss war gestern Abend in der Show.«

Franklin blickt scheinbar gedankenverloren ins Leere. Erfahrungsgemäß erzeugt er so bei den Klienten – wie er die armen Schweine immer nennt, bei denen er Hausbesuche machen darf – gleichermaßen Ruhe und Nervosität.

»Die Ponys haben ihm gefallen. Und die Seiltänzerin Rita. Ich vermute, er hat sie nach der Show noch zu sich nach Hause eingeladen um ein wenig auf ihr herumzutanzen. Wenn du verstehst, was ich meine.«

Rocco zieht pflichtbewusst die Mundwinkel nach oben, um ein Lächeln anzudeuten. »Ich hatte schon gehört, dass er auf Ponys steht.«

»Der Boss steht vor allem auf die Euros.« Es ist das Erste, was Dubois sagt. Aus seinem Mund klingt es eher wie »Derr Boss stett vor allemmm auf die Örros.«

Es ist auch das letzte, was Dubois zu Rocco sagt, denn Franklin wirft ihm einen vernichtenden Blick zu.

»Ich glaube, was Monsieur Dubois sagen möchte, ist, dass eine Maschine nur dann gut funktioniert, wenn jedes Zahnrad sich in genau der Geschwindigkeit und in exakt die Richtung dreht, die ihm gewissermaßen vorbestimmt ist.«

Da er den Gestank der Wohnung nicht mehr aushält, steht er jetzt auf und öffnet das einzige Fenster im Raum. Von draußen weht ihm ein noch schlimmerer Gestank entgegen. Franklin schlägt das Fenster so fest zu, dass die Scheiben vibrieren. Dann geht er wieder zu seinem Stuhl und setzt sich. Auf dem schimmligen Teppich hinterlässt er mit jedem Schritt einen kleinen Abdruck aus Hundescheiße.

»Die Geschäfte vom Boss sind eine solche Maschine. So unendlich komplex, dass nicht einmal der gewiefteste Ingenieur sie durchschauen könnte. Aber der Boss kann sowas.« Verwirrt hält Franklin inne. Er starrt erst auf den

Teppich und dann auf seine Füße. »Verdammt, ich habe Kacke am Schuh.«

Roccos Miene ist versteinert. Dubois muss auflachen: »Soll ich Ihren Schuh im Bad sauber machen?« – Wieder klingt es eher wie »irren Schüh«.

»Das wäre sehr freundlich.« Franklin zieht seine Schuhe aus und setzt sich im Schneidersitz auf den Stuhl. Er hat Angst, sich die schicken Socken, die ihm seine Freundin geschenkt hat, mit Hundedreck einzusauen. An all die anderen Dinge, die im Teppich gedeihen, denkt er lieber gar nicht erst.

Dubois verschwindet mit den Schuhen im Bad, kommt jedoch direkt wieder zurück. »Dort gibt es nicht einmal ein Waschbecken. Die Ratten im Keller meiner Großmutter leben luxuriöser als dieser Clown.«

Er stampft zur Spüle und dreht den Wasserhahn auf.

»Dubois, könnten Sie das bitte irgendwo draußen erledigen?« Franklin deutet auf die Tür. »Bei diesem Lärm kann man sich unmöglich unterhalten.«

Der Gorilla nickt und verlässt die Wohnung. Franklin sieht erst Rocco fragend an, dann fällt sein Blick wieder ins Leere. »Wo war ich eben stehen geblieben?«

»Bei der komplizierten Maschine.«

»Ja richtig. Die Geschäfte vom Boss sind also unendlich komplex und nur er kann sie wirklich durchblicken. Er weiß genau, was passiert, wenn eine Person ausfällt oder sich eine neue Geldschöpfungsquelle erschließt. Er kennt alle Zahlen und weiß über alles Bescheid.« Franklin verfällt gerne ins Monologisieren. »Aber in deinem Fall muss man kein Genie sein, Rocco. Selbst ein ausgemachter Trottel weiß, dass ein Clown, der schon seit drei Jahren Probleme damit hat, seine

Zuschauer zum Lachen zu bringen, ein Minusgeschäft ist.«

»Aber ich gebe mir doch alle Mühe.«

»Scht. Bist du wohl still Rocco? Ich glaube dir ja, dass du dir alle Mühe gibst, aber manchmal reicht nicht einmal das. Ich kenne dich doch jetzt seit ...«, er tut so, als müsse er kurz überlegen, »zehn Jahren. Ich habe bestimmt 500 Shows von dir gesehen. Viele davon waren echt gut. Ich erinnere mich noch genau daran, wie sich die süße Puppe, die ich einen Abend dabei hatte, während deiner Nummer vor Lachen eingenässt hat.« Er macht eine Pause. »Aber irgendwann ist deine Magie verflogen.«

Rocco sitzt niedergeschlagen auf seinem Bett. Auf der kleinen Kommode steht ein alter Röhrenfernseher, wie Franklin zuletzt einen vor 15 Jahren gesehen hat.

»Ich weiß doch auch nicht, was ich noch machen soll«, sagt Rocco. »Ich sehe mir jeden Tag die Filme vom Laurel und Hardy an und ahme ihre Witze nach.«

Schweigen. Franklin kann in der Stille das Tropfen des Wasserhahns hören.

»Letztens kam eine Nachbarin hereingeplatzt, als ich einen von Donald Ducks Wutanfällen nachgespielt habe.« Rocco redet immer schneller. Er ist der Erste, auf den die beruhigende Wirkung von Franklins Blick ins Nirgendwo nicht überspringt.

»Beruhige dich Rocco!« Franklin wäre beinahe aufgestanden und hätte dem Clown das lichte Haar gestreichelt, doch gerade noch rechtzeitig fallen ihm wieder seine guten neuen Socken ein. »Ich weiß doch genau, wie es dir geht. Du hast mittlerweile ein Alter erreicht, in dem es morgens beim Pissen schmerzt und einem abends, wenn man die Treppe zu seiner Wohnung hochgestiegen ist, die Pumpe geht. Du bist alt geworden.«

Rocco schluchzt.

»Aber du musst mich verstehen. Ich kann auf deine Gebrechen leider keine Rücksicht nehmen. Der Boss hat immer an dir festgehalten. Er hat dich all die Jahre nicht gefeuert, sondern dir immer brav deinen Lohn gezahlt. Doch so langsam fragt er sich, ob er damit nicht einen schrecklichen Fehler gemacht hat.«

Die Tür geht auf und Dubois tritt ein, die Schuhe in der Hand. »Verzeihung Monsieur Franklin, aber ich bekomme die Scheiße einfach nicht ab.«

»Was für eine Tragödie! Aber ich danke dir trotzdem für deine Mühen.«

Franklin schlüpft wieder in die Schuhe und bringt so seine tollen neuen Socken in Sicherheit. Dann will er gerade wieder in die Leere starren, als er es sich anders überlegt und Rocco direkt ansieht.

»Weißt du, was der Unterschied zwischen dir und Dubois ist? Der Gorilla hier wird nicht fürs Schuheputzen bezahlt. Deshalb kann ich nachsichtig mit ihm sein. Du hingegen wirst dafür bezahlt, komisch zu sein und die Leute zum Lachen zu bringen. Du verfehlst deine Bestimmung.«

Bei Rocco bricht jetzt der Schweiß aus.

»Im Prinzip könnte man argumentieren, dass die paarhundert Euro, die dir der Boss jeden Monat zahlt, nicht ins Gewicht fallen. Ein paar Regentropfen haben noch kein Boot zum Sinken gebracht. Aber andererseits war das Loch, das der Titanic zum Verhängnis wurde, auch nur ein paar Quadratmeter groß.«

Jetzt, da er seine Schuhe wieder angezogen hat, steht

Franklin auf und geht rüber zu Rocco, der mit hängenden Schultern auf seinem Bett sitzt und darauf wartet, dass sein Urteil verkündet wird.

»Ich kann nicht mehr.« Das ist alles, was er herausbringt.

Dubois versteht das als Aufforderung, zur Tat zu schreiten. Er greift unter seine Jacke und zieht seinen schweren Revolver. Rocco wird augenblicklich kreidebleich, als Dubois die Waffe auf seinen Kopf richtet. Franklin reagiert sofort. Er reißt den Arm des Gorillas nach oben und der Schuss, der sich löst, schlägt mit voller Wucht in dem billigen Leuchter ein, der von der Decke baumelt.

»Bist du noch zu retten? Du dämlicher Trottel sollst ihn doch nicht erschießen.«

Während Franklin den Franzosen anschreit, versagen bei Rocco alle Kräfte und er spürt, wie ihm warmer Urin am Bein herunterläuft. Er will in sich zusammenfallen, kommt jedoch nicht dazu, da der Leuchter an der Decke sich der Schwerkraft geschlagen gibt und nach unten saust. Genau auf den Kopf des Clowns. Knack. Blut bahnt sich seinen Weg durch das lichte Haar.

Rocco verdreht die Augen und angetrieben durch ein paar letzte elektrische Signale in seinem Hirn rennt er wie wild durch seine Wohnung, springt auf die Spüle und reißt das billige Geschirr zu Boden, wo es in tausend winzige Splitter zerspringt.

Dann rennt Rocco ins Bad, kippt nach vorn über und landet mit dem Gesicht in der Toilette.

Franklin verfolgt die ganze Szene wie versteinert. Dann beginnt er schallend zu lachen.

Irgendwer (nennen wir ihn L. H.) behauptete einmal, ich könne keine glaubhaften Dialoge schreiben. »Sein letzter Witz« ist mein Versuch, genau die Aussage zu widerlegen.

Woher genau die Idee kam, kann ich nicht mehr sagen. Ich weiß allerdings noch, dass ich kurz zuvor zum wahrscheinlich hundertsten Mal Charles Cecils »Baphomets Fluch« durchgespielt hatte.

Darin enthalten sind ein Clown (hier ist er der Killer) und ein Franzose. Gut, es wimmelt von Franzosen – kein Wunder für eine Story, die in Paris angesiedelt ist.

Und dann schwirrte mir eines Tage der erste Satz (»Üblicherweise achtet ...«) im Kopf herum. Gott sei Dank gibt es auf jedem Smartphone eine Diktierfunktion.

Ein Wochenende im Oktober

Rumms. Oskar landete ungebremst auf dem Po.

Er bildete sich ein, spüren zu können, wie – begleitet vom Ticken der Uhr – auf seiner Stirn ein großes Horn wuchs. Vorsichtig befühlte er mit der Hand seinen Kopf. Wenigstens spürte er kein Blut; soviel war ihm erspart geblieben.

Stattdessen glaubte er, einen Abdruck der Verzierungen der großen alten Standuhr zu ertasten. Die Uhr war ein Geschenk seines Großvaters gewesen und stand seit Jahren links an der Wand, gegenüber der Badezimmertür.

Nur diese Nacht befand sie sich auf einmal mitten im Gang. Der Hausgeist hatte die Uhr umgestellt.

Oskars zweiter Auftritt in diesem kleinen Buch entstand aus einem dummen Witz heraus. Jegliche Erklärung würde dazu führen, dass dieser Begleittext länger würde als die eigentliche Geschichte. Drum schnell auf zur nächsten Geschichte!

Mut und Torte

Es war kein Paukenschlag, der Richard Mayer vollends aus dem Gleichgewicht brachte, auch keine weltbewegende Nachricht über irgendeine neue globale Krise, ja nicht einmal eine persönliche Nachricht, etwa über den plötzlichen Tod eines guten Freundes, sondern lediglich eine kurze Mail, deren einziger Satz lautete: BITTE INS BÜRO VOM CHEF KOMMEN.

Mayer war schon des Öfteren zum Chef zitiert worden. Und jedes einzelne Mal hatte er den Schwall wütender Worte über sich ergehen lassen. Jedes Mal hatte er sich wieder und wieder sein Mantra aufgesagt, dass einen alles nur abhärte und er gestärkt aus jeder Krise hervorgehen würde.

Mayer war geübt darin, sich abzuhärten. Strampelte er sich doch schon seit Jahren ab, wie ein Ertrinkender im Ozean. Tag für Tag arbeitete er Berge von Akten ab, Tag für Tag türmten sich neue Berge vor ihm auf, entstanden durch die Plattentektonik der Abteilung K – Q, und Mayer nahm auch diese Berge wieder in Angriff.

Zum Ausgleich ging er jeden Tag eine Stunde schwimmen, forderte seinen Körper, der all diese Anstrengungen zu bewältigen hatte. Abend für Abend legte Mayer sich mit einer Schmerztablette und seinen Vitaminpräparaten ins Bett, las einige Kapitel in einem Buch und schloss um Punkt elf Uhr die Augen, nur um am nächsten Morgen erneut in das Mühlrad einzutreten.

Mayer stellte sich sein Leben manchmal vor wie einen endlosen Korridor, von dem unzählige Türen abzweigten in andere Leben. Doch alle Türen waren verschlossen.

Manchmal klopfte er an eine der Türen an, doch immer eilte er weiter, immer weiter, so dass er nie mitbekam, ob jemand öffnete.

Heute Morgen hatte dieser Korridor in Flammen gestanden. Schon auf dem Weg ins Badezimmer hatte Mayer die vielen ungelesenen Nachrichten auf seinem Smartphone gesehen. Während des Frühstücks hatte er sie der Reihe nach beantwortet. Doch noch ehe er das Haus verlassen hatte, waren schon drei neue Nachrichten eingegangen. Als er in der Firma angekommen war, waren es bereits 27. Mayer schaltete seinen Rechner ein und las jede einzelne Nachricht durch. Nachdem er alle beantwortet hatte, ging er zum Kaffeeautomaten. Auf dem Weg dorthin sah er bereits den Stapel an Akten, den irgendjemand aus der Firma auf ihn abgewälzt hatte. Mayer stöhnte geräuschvoll auf. Er dachte, wie schön es wäre, einfach einmal für eine Woche nichts zu tun. Einfach einmal die Füße hochzulegen und der Stille zu lauschen.

Doch dann kam ihm in den Sinn, dass sich in dieser Woche ein Aktenberg an seinem Schreibtisch auftürmen würde, der so hoch war wie der Himalaya. Es blieb ihm also nichts anderes übrig, als immer weiter zu strampeln. Akten, Schwimmen, Schmerztablette. Jeden Tag den Korridor entlang laufen und sich gelegentlich ausmalen, was sich hinter der einen oder anderen Tür verbergen mochte.

Als Mayer vom Kaffeeautomaten zurückkam, fand er besagte Mail. Sofort wurden seine Knie weich. Er stellte den Kaffee ab und ließ sich auf den rückenschonenden Bürostuhl fallen. Es war nie gut, wenn man zum Chef gerufen wurde. Mayer las die Mail erneut. Unterzeichnet war sie von der Chefsekretärin, einer Zwanzigjährigen, die der alte Franke nur eingestellt hatte, damit er ihr auf den knackigen Arsch starren konnte. Mayer atmete noch einmal tief durch, dann stand er auf. Es half ja doch nichts.

Er trottete zum Aufzug und fuhr nach oben in die Chefetage. Auf dem Weg dorthin ertappte er sich dabei, wie er die leise Melodie der Fahrstuhlmusik mitsummte. Sofort hielt er inne. Er musste sich jetzt konzentrieren. Was konnte Franke von ihm wollen? Erledigte er seine Arbeit nicht ordentlich genug? Hatte sich ein Kunde über ihn beschwert? Oder vielleicht eine Mitarbeiterin? Sollte er gar gefeuert werden?

Das Klingeln des Aufzugs riss ihn aus seinen Gedanken. Die Tür öffnete sich. Er war da. Nur noch wenige Meter trennten ihn von Frankes Büro.

Mayer ging mit vorsichtigen Schritten auf die Bürotür zu. Der Vorraum war leer, die Sekretärin nirgends zu sehen. Am Rand seines Gesichtsfeldes verschwamm die Einrichtung. Mayer glaubte jetzt, unzählige Türen zu erkennen. Er war in seinem langen Korridor gefangen. Hinter jeder der Türen wartete ein anderes Leben. Was sich wohl hinter dieser Tür verbarg? Oder hinter jener? Mayer wollte gerne anklopfen und nachsehen, doch am Ende des Korridors wartete Frankes Büro, in dem ihm mit Sicherheit verkündet würde, er sei den steigenden Anforderungen nicht mehr gewachsen, sei zu alt, man müsse ihn leider entlassen.

Dann wäre er das erste Mal seit Jahren ohne Job. Ohne Druck, frei.

Er wäre frei. Dann könnte er endlich hinter all die Türen sehen, sein Leben leben, aufhören zu strampeln und endlich Boden unter den Füßen spüren. Er könnte ...

Mayer hatte die Tür erreicht. Er klopfte an und trat ein.

»Ah, schön Sie endlich zusehen, setzen Sie sich doch, wie geht es Ihnen heute ...«

Er wäre frei. Könnte Leben.

»Wir sind sehr zufrieden mit Ihrer Arbeit und möchten Ihnen gerne einen Posten in leitender Funktion anbieten, damit Sie sich noch mehr in die Firma einbringen können.«

Noch mehr einbringen, noch mehr Akten wälzen, noch mehr strampeln?

Mayer hatte keine Lust mehr auf all den Trott, die Routine, das allmähliche Dahinvegetieren. Er wollte endlich FREI SEIN. Wieso ließen sie ihn nur nicht? Musste er etwa darum betteln?

Er würde es tun, er würde betteln, wenn sie ihn dann nur endlich gehen ließen. Er würde ...

Auf dem Schreibtisch stand ein Teller mit einem Stück Sahnetorte. Ganz oben auf der Torte thronte eine Kirsche.

War das nicht die Gelegenheit?

»Sie können sich gar nicht vorstellen, wie sehr wir uns darüber freuen, Sie hier oben bei uns begrüßen zu ...«

Mayer nahm die Torte und klatschte sie Franke ins Gesicht. Danach lief er lachend aus dem Büro. Draußen gab er der jungen Sekretärin einen Kuss auf den rotgeschminkten Mund. Dann wandte er sich um und rannte den Flur entlang. Unterwegs klopfte er an jede Tür. Klopfte und lauschte. Klopfte und lauschte und lebte sein Leben.

Eine erste Rückmeldung auf diese Geschichte war, dass es ja eine Geschichte zum Thema »Hoffnung« ist und sie somit aus all den anderen Texten, die ich so verfasse, turmhoch herausragt. Ich mag besonders, wie Mayers Traumwelt (der lange Korridor) in die Realität hineinwächst. Dieser letzte Text ist ebenfalls ein Beitrag zu einem Schreibwettbewerb. Unklar, aber auch völlig unwahrscheinlich, ist, ob er gewonnen hat.

Danksagungen

Werte Leserin, werter Leser,

ich möchte ohne den Umweg über ein Nachwort direkt zu den Menschen eilen, bei denen ich mich bedanken muss.

Das wären zum einen, der nette Schuhverkäufer, der mir die überteuerten Laufschuhe angedreht hat (wieder sei ein Hinweis auf die Widmung gestattet). Außerdem möchte ich mich – diesmal im Ernst – bei meinem Cousin bedanken, der mich – vor allem durch sein Tun – immer wieder dazu ermutigt, zu schreiben. Ohne ihn gäbe es weder Herrn Feith, noch Rocco den Clown und Zachary wäre wohl bettelarm.

Ein großes Dankeschön geht außerdem an meine Freundin und Kollegin Katharina, die mich dazu gedrängt hat (nicht direkt, eher mit der Nase drauf gestoßen), einen Beitrag für den Kurzkrimiwettbewerb zu schreiben. Ich weiß, dass wir ein unterschiedliches Verständnis davon haben, wie ein Krimi sein sollte. Danke, dass du immer so nachsichtig mit mir bist.

Ein herzliches Danke gilt auch meinen Testlesern Filiz, Peter, Naemi, Lena, Katharina (doppelt hält besser), Lutz (ebenso), Elke und Michael.

Zuletzt möchte ich mich bei meiner Lektorin Rebecca bedanken, die wieder einmal großartige Arbeit geleistet hat. Und natürlich bei Tobias Göldner, der ein wunderschönes Cover entworfen hat.

Und zu allerletzt danke ich Ihnen, liebe Leserin, lieber Leser, fürs Durchhalten.